Ojalá[1]

---

[1] hoffentlich

Ojalá

Aus dem Tagebuch eines Liebhabers

Erzählung

Marianne Hartwig

Bibliografische Information Der Deutschen Bibliothek:
Die Deutsche Bibliothek verzeichnet diese Publikation in der Deutschen Nationalbibliographie; detaillierte bibliografische Daten sind im Internet über <http://dnb.ddb.de> abrufbar.

Copyright ©2022 Marianne Hartwig

Layout und Gestaltung: Chris von Gagern (www.art-transfer.net)

Umschlag: Gestaltung & Foto von Kater Rojo Chris von Gagern

Herstellung und Verlag: BoD – Books on Demand, Norderstedt

ISBN: 978-3-7557-7604-8

Auf einer Insel darf man sich erst einrichten, wenn man weiß, was die Welt ist.

Ernst Wiechert, *Das einfache Leben*

Kater Rojo erzählt

Der Liebling meiner Menschenfreundin Marni zu sein, tut gut. Seitdem Chica und Erizo gestorben sind, bin ich das Objekt ihrer Tier-Sorge. Die Betonung liegt auf Sorge. Das hat sie früher immer bei Jordi beanstandet. Zuviel Sorge. Ich mache mir keine Sorgen. Und genau das schätzt sie an mir. Ob ich die beiden Schwarzen vermisse? Mein Langzeitgedächtnis ist nicht nur deswegen nicht besonders gut, weil ich eine Katze bin, ich habe auch die Begabung, nur gute Erinnerungen zu speichern. Darum beneidet mich Menschenfreundin Marni. Ich bin auch weniger besitzergreifend als früher. Ihr Liebling zu sein macht außerdem selbstsicher. Zum Beispiel habe ich mich gestern lange mit meinem – ich gebe zu attraktiven – Kollegen unterhalten. Er ist mir ein wenig ähnlich: ein schönes rotes Fell ohne meine charakteristischen weißen Flecken im Gesicht, aber dieser nicht vorhandene Schwanz – ziemlich komisch. Ihn scheint dieses fehlende Teil überhaupt nicht zu stören. Ein kleiner Rest ragt fellumwachsen am Po-Ende. Schwanzlosigkeit beeinträchtigt keineswegs sein Selbstbewusstsein. Denn selbstbewusst ist er. Und wie ich Marni kenne, denkt sie schon über einen Namen nach, denn er kommt jetzt täglich pünktlich zu den Mahlzeiten. Mir persönlich würde *Sin-Rabo* gut gefallen, aber das kann ich ihr nicht vorschlagen. Sie neigt allerdings dazu, Handicaps in Vorteile umzumünzen – auch sprachlich – von daher kommt sie vielleicht selbst drauf.

Die beiden *guapas*[2] unserer derzeitigen Mieter gefallen mir gut. Sie sind etwas hochnäsig, vielleicht aber auch nur ängstlich, behütete und verwöhnte Stadtneurotiker, die offenbar das erste Mal die Vorteile des Landlebens stundenweise genießen. Gestern, zum Beispiel, umturnten sie – für ihre Verhältnisse ausgelassen – den Lieferwagen, der Heizöl brachte. Der besorgte Menschen-Adoptiv-Vater ließ sie nicht aus den Augen. Ich schaute mir das Ganze vom oberen Terrassenrand an. Ich kann mir gut vorstellen, gelegentlich einmal Kontakt aufzunehmen. Sie sind nicht nur besonders schön, sondern auch ziemlich neugierig. Neugierde ist wie Eigensinn – macht das Leben interessanter. Puschi, meiner einzigen Mitbewohnerin zur Zeit in der *casita,* fehlen diese Eigenschaften. Sie ist zwar ebenfalls eine Bildschöne, räkelt sich aber am liebsten auf weichen Kissen und – was meiner Menschenfreundin überhaupt nicht gut gefällt – hinter all den Büchern auf allen

---

[2] span. die beiden Hübschen

8

Regalen. Das machte Chica zwar auch, aber sie bevorzugte das Poesie-Regal und suchte hin und wieder bestimmte Bücher für Marni aus. Ich habe nie verstanden, warum Marni nicht nur nicht ärgerlich war, sondern sich auch noch darüber freute. „Ja, richtig Chica, Mascha Kaléko wollte ich auch wieder einmal lesen", hörte ich sie dann murmeln und Chica versteckte sich in der entstandenen Lücke, die bei all den Kalékos etwas größer war.

Von der liebsten Freundin meiner Marni weiß ich, dass sie den Ruf hat, ziemlich eigenwillig zu sein. Sie selbst findet das höchst vergnüglich und zitiert dann gelegentlich Hermann Hesse, der behauptet habe, Eigensinn sei eine Tugend. Das Wort Tugend kommt ihr sonst nicht über die Lippen. Darauf hätte ihre Oma in der Kindheit sehr geachtet, entsprechend folgsam sei sie in ihrer frühen Kindheit gewesen. Allerdings voller Eigensinn. Aber einen Zusammenhang gäbe es da vermutlich nicht.

Seitdem meine Marni aufgehört hat zu dichten, besser gesagt zu reimen, erzählt sie mir fast täglich Geschichten. „Alle sieben Jahre ändert sich das Leben", erklärt sie mir dann. Jordi ist jetzt sieben Jahre tot. Und seit sieben Jahren habe ich mich damit sieben Mal reimend in Buchform auseinandergesetzt. Jetzt reicht's! Das Reimen, nicht das Auseinandersetzten und Geschichten erzählen." Dann erklärt sie mir lang und breit, dass der Tod erst diese Schleusen geöffnet habe. Mir gefällt alles, was sie mir erzählt. Schließlich weiß ich ohnehin, dass sie Wahres mit Erdichtetem vermischt. Sie lacht und sagt:

„So dass man in meinem kleinen Fanclub meint, das wäre aber ziemlich autobiographisch."

Auf die Mischung kommt es an, erklärt sie mir dann mit diesem listigen Blick und fügt hinzu:

„Auch Träume vermischen ja bekanntlich beides."

Und dann erzählt sie mir einen Traum der letzten Nacht:

„Ich sitze in einer großen Blumenschale und brüte. Aus sieben Eiern schlüpfen Küken. Eines ist größer als die anderen. 'Das wird einmal ein schöner bunter Hahn werden', sagt die Nachbarhenne, 'die anderen sechs', meint sie, 'werden geschätzte weiße Hennen, die viele Eier legen und ein langes Leben auf dem Bauernhof haben werden'...."

Weil sie die Angewohnheit hat, auch gleich – nicht alle – ihre Träume zu deuten, höre ich mir mit geschlossenen Augen die Deutung an, die ich schon ahne: Natürlich sind die sieben Eier die Gedichtbände und der Hahn ist der letzte, der ihr selbst gefällt, weil ihre Freundin mit ihren Aktzeichnungen schuld daran ist, dass er sich von den anderen unterscheidet.

Der Schwanzlose ist schon reichlich unverfroren. Ich weiß zwar, dass Marni auf Überheblichkeit hereinfällt, aber er sollte es auch nicht übertreiben. Nur ein Beispiel: Heute spazierte er frech (hätte er einen einen Schwanz wäre der hochgestellt gewesen) durch die hintere Terrassentür und sah sich mit diesem neugierigen Blick alles im sogenannten Badewannen-

Bücherzimmer an. Puschi döste auf dem Fellkissen-Stuhl und machte nur ein Auge auf bei seinem Anblick. Ich fürchte, es dauert nicht mehr lange und er liegt bei meiner Menschenfreundin im Bett. Nur eines weiß ich mit Sicherheit: vorher muss er zur *veterinaria*[3]. Die Schwanzlosigkeit hat sein Selbstbewusstsein ganz und gar nicht beeinträchtigt, also wird die Zeugungsunfähigkeit es auch nicht tun. Er ist übrigens sehr redefreudig. Wenn Marni mit ihm spricht, antwortet er – *muy hablador*[4]. Das gefällt ihr. Ob er so melodisch schnurren kann wie ich, weiß man noch nicht. Inzwischen hat sie auch herausgefunden, dass die Ursache für die Schwanzlosigkeit von Sin-Rabo eine Genmutation sein kann. Die Manx-Katze, so nennt man die Schwanzlosen, lebte bereits seit Jahrhunderten auf der in der irischen See liegenden Isle of Man. Sie ist besonders anhänglich, anspruchslos und intelligent. Man könne sie sogar an der Leine führen, heißt es. Aldous Huxley war der Meinung, sie sei wie ein stummer Mensch. Sie ist eine der ältesten Katzenrassen. Und es hätten sich viele Legenden um sie gebildet. Sie soll eine Kreuzung zwischen einer Hauskatze und einem Kaninchen sein, das würde die Schwanzlosigkeit und den leicht hoppelnden Gang erklären. Oder – das gefällt Marni besonders gut, denn sie liebt Bibelgeschichten – sie soll das letzte Tier gewesen sein, das auf Noahs Arche kam. Obwohl die Flut schon stieg, gingen einige Katzen nochmal auf Mäusejagd

---

[3] Tierärztin

[4] sehr gesprächig

und schafften es kaum, rechtzeitig zurück zu kommen. In dem Moment, als sie die Arche betraten, fiel die Tür zu und quetschte ihnen die Schwänze ab. Sie hatten es zwar geschafft, aber nun waren sie schwanzlos.

Marni weiß natürlich, dass ich ziemlich eifersüchtig bin. Mit eifersüchtigen Lebewesen kennt sie sich ein wenig aus und daher bemüht sie sich, den Schwanzlosen in meiner Gegenwart nicht überschwänglich zu begrüßen. Auch da half wieder einmal eine Oma-Meinung: Was ich nicht weiß, macht mich nicht heiß. Dass sie ihn immer mehr ins Herz geschlossen hat, weiß ich ja. Vielleicht ist ihr Herz ja groß genug für mehr als eine Liebe. Aber das ist eine andere Geschichte, und die erzählt sie nur in Gedichten. Lesen kann ich leider nicht, und Vorlesen will sie die nicht – noch nicht.

An ihrem Blick sehe ich schon, dass sie wieder eine Geschichte erzählen will. Der Blick ist wehmütig, was nicht unbedingt auf den Inhalt der Geschichte schließen läßt.

So fing alles an, sagt sie dann. Sie hatte sich auf ein Abenteuer eingelassen – das erste Inselabenteuer, und so erzählt sie es:

Die Jugoslawienreise

Niemals vorher war ich im Ausland. Ich packte den Koffer als würde ich von meinem Dorf für eine Woche in die nächste Stadt fahren, in der ich arbeitete. Die ganze Planung hatte Jordi gemacht. Es war seine Idee, mit Bahn und Schiff bis Biograd na

Moru zu reisen, das er sich ausgesucht hatte, weil es in der Nähe so viele schöne, kleine Inseln gibt. Das erste Mal in meinem Leben sehe ich Delphine, die das Schiff umkreisen. Wir sind beide ganz benommen von all dem Neuen, das uns umgibt. In Biograd angekommen, macht Jordi sich auf die Suche nach einem Fischer, der uns auf die nächste Insel bringen könnte. Wir wissen nicht einmal, wie sie heißt. Sprache ersetzt er durch Zeichnungen – schon immer sehr erfolgreich. Er zeichnet ein kleines Zimmer mit großem Bett, zeigt strahlend auf uns, und der Fischer nickt verständnisvoll, sagt einen Preis und wir besteigen ein abenteuerlich kleines Fischerboot.

Wenn man auf einer Insel geboren wurde, weiß man nicht was Festland heißt. Hier ist mein festes Land, umgeben von endlosem Meer. Vielleicht hatte Jordi diese Endlosigkeits-Sehnsucht? Der von Marni immer wieder erwähnte Insel-Tick muss einen Ursprung gehabt haben: einen Ruhepunkt mitten im Meer der Unendlichkeit. Das kann man sie so – *ojalá*[5] – nicht wissen lassen. Sie würde dann einen Rückfall ins Dichten erleiden. Quatsch, erleben.

Der Nachmittag war ziemlich langweilig. Von den *guapos* war weit und breit nichts zu sehen und Puschi lag im Kleiderschrank. Der hat als Tür nur einen Vorhang. Zum Beispiel steht da die Strandkorbtasche, und dahinter gibt es herrliche Ver-

---

[5] hoffentlich

stecke, u. a. diese Korbtasche mit Handtuch etc. Sie riecht so interessant. Kein Wunder, denn manchmal bringt Marni uns Fischreste aus der Strandbar mit, wenn sie sich eine *lenguado*[6] oder etwas ähnlich Köstliches „gegönnt" hat. Eine ihrer Freundinnen liebt es, sich etwas zu gönnen. Marni mißgönnt ihr das ganz und gar nicht, was sie nicht leiden kann, ist das Lamentieren zwischen dem Gönnen. Geschichten-Erzählen kann schon auch zu einem Zwang führen. Angeblich war Jordi zwanghaft. Allerdings hat er die Geschichten nicht erzählt sondern sie produziert. Und deshalb hat er so viel hinterlassen, nicht nur die wunderschöne, alte Finca, sagt Marni, setzt sich in ihre uralte *furgoneta*[7] und entschwindet. Ich gehe davon aus, dass sie ans Meer gefahren ist. Heute ist der erste fast warme Frühlingstag. Die Mandeln blühen und der Hibiskus vor der *casita*[8] hat eine große rote Blüte. Eine im Februar. Marni meint, Hibisken wären die Kapriziösesten im sogenannten Garten. Bei dem Wort Garten scheint sie immer etwas zu zögern. Denn das, was da so wächst rund um die alte Finca und die *casita* ist alles andere als ein Garten. Es ist eine bunte Wildnis. Und seit Jordis Tod wachsen auch nur noch die Robusteren. Und dazu gehört der Hibiskus nun wirklich nicht. Jordi sei ein ausdauernder Gießender gewesen. Das habe zwar viele bunte Bodenbedecker leuchten lassen, aber auch die Kosten für Wasser

---

[6] Seezunge

[7] Kombi, Lieferwagen

[8] Häuschen, Hütte

reichlich erhöht. Marni nimmt es mit dem Gießen nicht nur aus Kostengründen nicht genau. Sie hat einfach keinen ausgeprägten Sinn für Regelmäßigkeit. Manche Pflanzen schätzen das gar nicht, beispielsweise der Hibiskus. Deshalb starb der alte Hibiskus auch ziemlich kurz nach Jordis Tod. Immerhin sei er fünfundzwanzig Jahre alt geworden – der Hibiskus. Ob das viel oder wenig für einen Hibiskus wäre, wisse sie allerdings nicht. Zu Langlebigkeit habe Jordi immer ein gespaltenes Verhältnis gehabt. „Alle wollen alt werden, doch keiner will alt sein", zitierte er dann.

Ich ziehe mich jetzt mal in den Kleiderschrank zurück und freue mich auf Marnis Rückkehr. Bestimmt erzählt sie mir dann wie es am Meer war. Manchmal besucht sie auch eine ihrer Insel-Freundinnen, Irmelischka. Dann duftet sie besonders gut, wenn sie zurückkommt, denn bei Irmelischka gibt es viele Hunde und Katzen – viele Mitbewohner in der alten *finca*. Von allem VIEL, lacht Marni dann. Zur Zeit viel Ärger, weil der Bauer, dem die uralte *finca* gehört, sie nach fünfunddreißig Jahren unbedingt aus dem Haus vertreiben will. Aber das sei eine ziemlich traurige Geschichte die außerdem nicht stellvertretend sei für die Mentalität der Ibizencos, meint Marni, und im Moment würde sie lieber kuriose Geschichten erzählen oder – nach wie vor – Gedichte:

Der Lamentierer

Wenn mir wieder einmal ein Lamentierer begegnet
Versuche ich mit Gleichmut zuzuhören
Was ist anderes zu tun, wenn es regnet
Als mit Regenschutz zu spazieren statt sich zu beschweren

So ein leidgeprüfter Lamentierer
Hat massenhaft Zeit und noch mehr Energie
Wäre er ein echter Verlierer
Brauchte er beides als Überlebensstrategie

Der Lamentierer findet immer einen Schuldigen
Selbst nicht notleidend denkt er nicht froh
Wie schaffen das all diese empathielosen Fröhlichen
Nicht zu lamentieren – auf diesem ach so engagierten
     Niveau.

Manchmal zitiert sie dann auch Maria Matutes, eine spanische Schriftstellerin und Philosophin, die sie sehr schätzt: „Am liebsten beschäftige ich mich mit Büchern" – sie sagt nicht „statt mit Menschen". Ach ja, die Menschen. Die Wintermieter findet Marni unter anderem deswegen sympathisch weil sie Katzen-Liebhaber sind. Eine der *guapos* hätte eine

Trockenfutter-Allergie, wurde ihr berichtet, und ob sie vielleicht die Schale mit Trockenfutter für den noch Namen- und Schwanzlosen nicht draußen stehen lassen würde, denn das würde Lulu terrassenweit schnuppern. Sie, die Katzenfrau-Mieterin, nicht Lulu, ist scheu und Marni findet sie äußerst sympathisch. Hin und wieder hält sie einen längeren Schwatz mit ihr. Natürlich geht es dann ganz schnell auch um Bücher. Das Interesse von Marni an ihr schien dann ausgebrochen zu sein, als Sjera – so heißt die Katzenliebhaberin – außer für Katzen auch ihr Interesse für ihre „Heimat-Schriftstellerin" Conni Palmen bekundete. Eine Lieblingsautorin meiner Menschen-Freundin. Ich könnte sie ja mal zum Essen einladen, murmelte sie dann. Vor meiner Zeit soll das ein regelmäßiger Wunsch mit Umsetzung gewesen sein. Heute kocht sie nur noch dann regelmäßig wenn Sohn und Enkelinnen kommen und einmal jährlich ihren Urlaub hier bei uns verbringen. Das ist *alegria*[9] pur. Denn alle haben Marnis Katzenliebe geerbt und zuhause selber Katzen. Wobei Sohn Markus seine beiden Halb-Siamesen vor zwei Jahren von der Insel mit nach Deutschland gebracht hat. Das ist eine längere Geschichte, die ich später erzähle, denn gerade braucht Marni mich als Zuhörer. Sie sitzt in ihrer Schreibecke in (Ver-)Arbeiten-Stimmung. Manchmal bedeutet das: Sie hat diesen konzentrierten Gesichtsausdruck der auf Schreibzwang hindeutet. Und wenn ich gerade zufällig

---

[9] Freude

17

in behaglicher Zuhörer-Stellung auf dem Nebenstuhl sitze, denkt sie dann manchmal laut. Das gefällt mir ziemlich gut, denn ihre Stimme bringt mich buchstäblich zum Schnurren, was wiederum ihr gefällt. Wir sind ein richtig gutes Team. Sie behauptet, ohne mich als Zuhörer, würde sie bestimmt nicht ständig (ver)arbeiten. Ich weiß zwar, dass das eine ihrer kleinen Selbstbetrügereien ist, aber wenn es denn der Ver-Arbeitung dient…

Natürlich geht es wieder einmal um Jordi. Ich habe das Gefühl, seit seinem Tod geht es häufiger um ihn als zu seinen Lebzeiten. Kein schlechter Trick, zu sterben. Marni meint, sie hätte nicht nur seine finca-Hocker-Allüren übernommen, sondern auch seinen makabren Humor. Der wäre schon immer grenzwertig gewesen. Nicht nur der Humor. Marni warnt mich. Dieses Mal wäre die Geschichte länger, und sie wüsste auch gar nicht, warum sie ihr gerade jetzt einfallen würde:

Jordi geht mit Jonny nach Brasilien

Jordis Freund Jonny arbeitete für die Deutsche Forschungsgesellschaft. Immer wieder begleitete er eine Gruppe von Weltraumforschern, die Satelliten ins All schicken – von Brasilien aus. Und immer wurde die Gruppe von einem Arzt begleitet. Dieses Mal wollte er Jordi als begleitenden Arzt. Aber wie sollte er eine Auszeit seiner Facharzt-Ausbildung erhalten? Er schaffte es und reiste mit dem Team nach Brasilien. Das Lager war in der Nähe der Stadt Manaus. Fast so schön wie eine Insel, von Urwald statt von Wasser umgeben. Ein Team von Männern im Urwald, die am Wochenende etwas erleben wollten. Wochenlang kam nur hin und wieder ein kurzer Anruf. Das Handy war noch nicht erfunden. Am Ende der Zeit wollte er wissen, ob ich Lust hätte, nach Rio zu kommen. Da wäre gerade Karneval. „Eulen nach Athen" dachte ich mir. Und ob ich Lust hatte! In der Uni-Klinik beneidete man ihn um seinen Aushilfsjob und einer seiner Kollegen meinte, er würde mit mir nach Rio fliegen. Hermann hatte sich gerade von seiner Frau getrennt. Er war ein liebenswerter Mann, eher konservativ, der sehnsüchtig auf unsere WG schaute, aber nie den Mut gehabt hätte, so zu leben. „Woran scheiterte eure Ehe?" wollte ich wissen. „Wir haben während all der Jahre die falsche Käsesorte gegessen", war seine Antwort, „Ich aß den, von dem meine Frau glaubte, es sei meine Lieblingssorte und umgekehrt." Bei minus 15° in Deutschland flogen wir los und kamen in Rio bei circa 40° an. Hermann und ich hatten Mühe, uns auf den Beinen zu halten. Empfangen wurden wir von einem dunkelbraunen, schlanken Brasilianer. Wie attraktiv, dachte ich um dann festzustellen: das ist mein Ehemann. Er sprühte vor Energie, hatte ein schönes Hotel direkt an der Copacabana für Hermann gebucht. Dahin fuhren wir und ließen uns im absoluten Erschöpfungszustand aufs Bett fallen. Es gelang uns gerade noch, uns unserer schweißnassen Bekleidung zu entledigen. Jordi flitzte überall herum, in der Hand eine Kamera und noch beim Einschlafen hörte ich seine begeisterten Schilderungen von Brasilien. Nach vielen Stunden Schlaf wachte ich in einem lichtdurchfluteten Zimmer mit *Air-Condition* und Meerblick auf und dachte, warum hat mir niemand gesagt, dass es so im Paradies aussieht. Frisch geduscht und fröhlich saßen Jordi und Hermann bei einem Cuba-Libre. Sie hatten sich offensichtlich die Zeit bis zu meinem Aufwachen fein vertrieben. Für uns hatte Jordi eine bescheidene Bleibe im Zentrum gebucht. Auf jeden Fall sind wir da näher an den Karnevalsumzügen, meinte er. Und das waren wir. Wenn wir nicht stundenlang diesen unglaublichen Samba tanzenden, bildschönen Menschen in den fantastischen Kostümen zuschauten, saßen wir in Hermanns feudalem Hotel und gingen an den Copacabana-Strand. Diskret erschien ein weltmännischer Ober, der Jordi an die Rezeption bat. Mit fröhlichstem Gesichtsausdruck kam er nach einer ganzen Weile zurück und erklärte uns, er würde uns gerne zwei Brasilianerinnen vorstellen, die uns die Stadt zeigen würden. Zwei bildschöne Mulattinnen, die in einem Taxi vor dem Hotel auf uns warteten. Ins Hotel durften sie nicht, warum erfuhr ich erst später.

Elena war groß, schlank und hatte die hellere Haut. Concha, die jüngere, war kleiner, bildschön, ihre Haut war zimtfarben und es war unübersehbar, dass sie Jordi anhimmelte. Ich stellte keine Fragen. Wozu. Wir fuhren kreuz und quer durch Rio in einem Taxi mit *Air-Condition* was sicher nicht gerade billig war, bis ich meinte: Jetzt eine Dusche und etwas Kaltes zu trinken. Die riesige Christus-Statue auf dem Gipfel des Corcovado hatte ich hinreichend bewundert. Die beiden jungen Frauen sprachen ein hinreißend komisches Englisch und erklärten mir, dass die Statue einst aus Anlass der hundertjährigen Unabhängigkeit Brasiliens geplant war aber erst zehn Jahre später eingeweiht wurde.

Sie ist dreißig Meter hoch. In die Kapelle im Sockel der Statue wollten sie nicht unbedingt. Die Statue schaut auf den Zuckerhut. Ich hatte die beiden sofort ins Herz geschlossen und umgekehrt. Sie liebten offensichtlich nicht nur europäische Männer. Unter der segnend seine Arme ausbreitenden Christusstatue fühlten sie sich zuhause. Der Blick vom Corcovado über die Stadt war überwältigend. Trotzdem sehnte ich mich allmählich nach einer Dusche. Der Temperaturunterschied von 50° innerhalb eines Tages forderte seinen Tribut. Concha tuschelte mit dem Taxifahrer und dann schien die Besichtigungsfahrt in weniger spektakuläre Regionen von Rio zu münden. Jordi wollte den Taxifahrer dazu bewegen, in die Favelas zu fahren, aber der winkte ab. Typisch Jordi! Das Armenviertel interessierte ihn – nach Elena und Concha – am meisten. Rocinha ist die größte Favela der Stadt und natürlich traute Jordi sich zu, sich auch allein dort zurechtzufinden.

Vermutlich fiel er nicht als Tourist auf, so wie er aussah. Er hatte sich mit der Entstehung der Favelas befasst und wusste, dass sie Anfang des 19. Jahrhunderts entstanden waren. Ehemalige Söldner, die im Krieg von Canudos in Bahia gegen Aufständische gekämpft hatten, fingen an, die verstreuten Hügel (*morros*) zu besetzen, weil es preiswerte Mietwohnungen im Zentrum nicht mehr gab. Es gab in den meisten Favelas – zumindest am Anfang – nur selten fließendes Wasser, keine Kanalisation und keine befestigten Straßen. Jordi, mit seiner langen Erfahrung im Lager von Dänemark nach der Flucht mit Mama und seiner kleinen Schwester, war von Flüchtlingslagern magisch angezogen.

Schließlich landeten wir nach der Rio-Besichtigung per Taxi bei Concha und Elena in der Wohnung. Es gab eine lautstarke Diskussion mit der dritten Mitbewohnerin und kurz darauf stürzte ein nackter Mann aus der Dusche und wurde der Wohnung verwiesen, weil die Dusche für mich frei sein sollte. Ich hatte die Ehre, die Nachfolgerin eines „Kunden" zu sein, erst jetzt war ich im Bilde.

Die Geschichte belustigte Pierre in der WG so, dass er, als er Jordis Aufnahmen im Hotel an der Copacabana, während Hermann und ich nackt und erschöpft auf dem Bett lagen, just an dieser Stelle ergänzte, und zwar mit einem Pornofilmchen. Das Ganze wurde in großem Kreis vorgeführt. Dumm war nur, dass Jordis Mama unter den Zuschauern war. „Bist du das", fragte sie mich entsetzt.

*

Heute hat Marni ihren – wie sie das nennt – melancholischen Tag. Der Morgen ist dann meistens noch wie immer, zumal sie korrigiert und überall entsprechend beschriebene Blätter herumliegen lässt. Sie weiß, das gefällt mir. Auf einigen hinterlasse ich dann meine Pfotenabdrücke, wenn ich gerade hereinkomme, und das gefällt ihr besonders. Ich bin gerne in ihrer Nähe, wenn ich diese Wehmuts-Wellen spüre. Den Anlass kenne ich nicht. Manchmal erahne ich ihn. Heute zum Beispiel hat sie die von Werner aus dem Biomüll herausgesiebte Erde um die beiden Pfirsichbäumchen verteilt, die aus Chica und Erizo wachsen. Immer wieder erzählt sie mir von dem seltsamen Zufall, dass Erizo der mit 13 Jahren niemals in seinem Leben krank war, zwei Wochen nach dem Tod seiner Mama gestorben ist. Er hatte zwar einen dicken Abszess an der Backe, und Elena, die spanische Tierärztin, hatte ihm ein, wie sie meinte, ausreichendes Antibiotikum gespritzt. Trotzdem starb er – an einer Entzündung, sagte dann Marni ungläubig. Und es half auch gar nichts, wenn sie mir erzählte, Jordi hätte jetzt sicher gesagt: „Das wollen wir aber jetzt nicht überinterpretieren". Natürlich begleite ich sie immer zu dem Privatfriedhof, der von allen Chaos-Plätzen um die Finca der gepflegteste ist. Aus Buri, dem verstorbenen Rottweiler, wächst eine *palmera real*[10] und aus Felino, dem Findelkind, diese *banderas*[11]. Die liebt Marni besonders deswegen, weil sie fast das ganze Jahr über dreifarbig blüht und ihr das unregelmäßige Gießen nicht übelnimmt. Für mich sind Privatfriedhof-Besuche eher erfreulich. Ein Grund wieder einmal in der Nähe der alten Finca in der Sonne zu liegen und von weitem die beiden *guapas* der Wintermieter zu beobachten. Die sind reichlich ängstlich, wie ich finde, eben Stadtneurotiker, obgleich eine, das Mädchen, offenbar den alten Orangenbaum als ihren persönlichen Hochsitz betrachtet. Da hockt sie und schaut kess auf mich herab. Marni meint, die Katzenfrauen wären meistens die mutigeren. Meiner Erfahrung entspricht das nicht. Puschi ist nur eine langweilige Schöne. Das Interessanteste an ihr ist noch ihr einseitiger, blütenweißer Eckzahn. Marni sagt Vampirzahn, der ihrem, wie ich zugebe, bildschönen Gesicht einen mutigen Ausdruck verleiht. Die Stadtneurotikerin vom Orangenbaum interessiert mich schon. Aber ich habe es nicht so eilig. Das dringende Bedürfnis zur Kontaktaufnahme, das mich früher immer speziell um diese Jahreszeit überfiel, hat die *veterinaria* ja entfernt. Ich würde zu dem Katzen-Bevölkerungs-Problem auf der Insel keinen Beitrag leisten, erklärt Marni. Ich wurde zwar nicht gefragt, aber mein Leben ist seitdem, wie soll ich sagen, weniger aufregend.

---

[10] Dattelpalme

[11] Spanische Flagge (bot.)

Sturmtage sind Tage, die ich am liebsten in der *casita* verdöse. Ich gebe zu, ziemlich in Marnis Nähe. Da muss ich mich dann auch wenig bewegen, denn sie scheint an Büchern buchstäblich festzukleben. Um die Mittagszeit weht ein angenehmer Duft aus der Außenküche. Dahin begleite ich sie natürlich. Aus frischem Gemüse mache ich mir nichts, aber Kartoffeln in einer köstlichen Soße sind schon etwas Feines. Heute gab es dazu Fisch. Dann höre ich mir wieder einmal das Gejammer an: „Warum ich manchmal Lust auf Fleisch habe, verstehe ich nicht, bei meiner Tierliebe müsste ich schon lange Vegetarierin sein." Das ist der Refrain. Den könnte sie sich natürlich sparen bei einer Fischmahlzeit. Aber ich kenne sie gut genug, um zu wissen: Sie ist die Größte, wenn es um Inkonsequenz und Widersprüchlichkeit geht. Wenn sie morgens diese *mantequilla ligera*[12] dünn aufs Brot gestrichen hat, gießt sie am Mittag einen ordentlichen Schuss dicker fetter Sahne in die Soße – nur als Beispiel. Ich lecke mir danach noch lange genüßlich mein Katzenmaul. Nicht nur daß ich es lecke, sondern ich halte es auch. Das Maul halten schien in ihrer Kindheit ein ziemlich gebräuchlicher Ausdruck gewesen zu sein. Oma hatte eine deftige Sprache. Sie erzog ihre vier Töchter allein. Opa war nicht aus dem Krieg zurückgekommen, an ihrem Fernblick erkenne ich schon, dass jetzt wieder eine dieser Geschichten folgt. Aber sie meint, zunächst wären

---

[12] fettarme Butter

noch dringend die beiden Avocado-Bäumchen aus den Töpfen auf dem Terrassenrand einzupflanzen. Eine Arbeit, die sonst Hausfreund Werner macht. Aber der sei zur Zeit unpässlich. Für Werner interessiere ich mich nicht sehr, denn der mag keine Katzen. Irgend ein kluger Katzenflüsterer – Flüsterer nennt man heutzutage diejenigen, die ihren Blödsinn nicht laut zu sagen wagen – meinte einmal, Katzen würden vor allem denjenigen auf den Schoß springen, die angeben, keine Katzen zu mögen. Da scheint mir aber eine ziemlich neurotische Eigenerfahrung übertragen zu werden. Und bei Übertragungen kennt sich meine Menschenfreundin gut aus, sagt sie. Ich scheine ihr liebstes Übertragungsobjekt zu sein. Vielleicht verwechsele ich da auch etwas. Heute wäre es mit ihrer Konzentration absolut hoffnungslos, höre ich gerade. Sie würde daher einmal Ordnung in ihre Geschichten bringen. Bei der Gelegenheit ist ihr eine Geschichte in die Hände gefallen, die sie mir jetzt vorlesen will. Sie scheint etwas mit ihrem derzeitigen Unwillen gegen Verabredungen zu tun zu haben, was offenbar mit ihrem gestörten Verhältnis zur Pünktlichkeit zusammenfällt.

Aus Erfahrung weiß sie: Am ungnädigsten ist man immer mit Fehlern, die man selbst hat. Eine ihrer Insel-Freundinnen, Helena, ist nahezu immer unpünktlich und dann erzählt sie mir kurz von ihrem heutigen *Mercado*-Besuch: Nach der mit sanfter Stimme geäußerten Mitteilung, sie sei schon ganz taub nach dem langen Warten neben einer lauten Band, begrüßte Helena sie. „Wenn man sich am Strand oder auf dem Flohmarkt verabredet, kommt es doch nicht auf 15 Minuten an", wollte Marni noch einwenden, aber Helena hatte gerade mit sanfter Kinderstimme einen langen Begrüßungssatz begonnen und schien die Zumutung 15 Minuten lang allein auf einem Flohmarkt verbringen zu müssen, vergessen zu haben. Wir aßen dann noch ein fettiges Würstchen, das immer Bestandteil des sonntäglichen Vergnügens ist und trennten uns danach, erzählte Marni mir.

*

Die Begegnungen mit den holländischen Stadtneurotikern sind schon erwähnenswert. Der Macho ist eindeutig der Intelligentere. Die Trockenfutter-Allergie hat Lulu. Er ist heute mutiger. Als erstes bepinkelte er forsch die Reifen von Carlos Auto. Carlos ist zuverlässiger Pool-Service-Spezialist seit Jahrzehnten und selbst begeisterter Katzenfan. Das verraten seine Autoreifen vermutlich. Der Stadtneurotiker – sein Name fällt mir gerade nicht ein – putzte sich dann demonstrativ auf der Motor-Haube und tat so, als würde er meine Anwesenheit gar nicht zur Kenntnis nehmen. Typisch. Ich ging dann mit Carlos zum Pool, das mache ich immer, und unterhielt mich mit ihm. Er erzählte mir, dass sein neunzehn Jahre alter, geliebter Kater gestorben sei, und ich sah, wie traurig er war. Die beiden Holländer schauten von weitem zu, und hin und wieder warf Carlos einen neugierigen Blick auf sie. Sie sind aber auch ein Blickfang. Gepflegt, glänzendes Fell, anmutiger Gang, auch mein Katerherz schlug höher. Dann gab es noch einen Schwatz zwischen meiner Menschen-Freundin und Carlos. Sie machte ihm den Vorschlag, in dem gerade entstandenen Literatur-Zirkel, „Lit-Zi" nennt sie den, mitzumachen. Ich habe den Verdacht, dass sie vor allem auch deswegen gerne teilnimmt, weil Sophia, die Initiatorin, immer ihre Tierfreunde dazu einlädt: zwei Hunde und mehrere Katzen. Letztere hat sie von ihrem Vorgänger im Buchladen, Joa, übernommen, und die haben, wie ich, eine Vorliebe für Bücher, als Schlafunterlage unverzichtbar. Offenbar bevorzugt der dicke Schwarze mit den Bernsteinaugen Fotobände. Das hätte aber etwas mit der einladenden Größe zu tun, behauptet Marni, und nicht mit der Farbenpracht der Bilder. Sie selbst war völlig hingerissen von dem derzeitigen Schlafplatz des Bernsteinäugigen: „Agua Nacida – journey through a magical underwater world" von Hugh Arnold, dem *maestro*. Sie gönnte sich dann auch gleich den kilo-schweren Band, weil an diesem Vortragsabend ein Fan alle ihre Gedichtbände, die bei Sophia zu erwerben sind, gekauft hatte. Einen Tausch hatte sie wohlweislich Hugh Arnold nicht vorgeschlagen, obgleich sie ziemlich tauschbereit ist. Eine ihrer Insel-Freundinnen, eine Malerin, scheint schöne Zeichnungen zu einer Erzählung von Marni gemacht zu haben, den sie „Jettes Tagebuch" nennt. Offenbar lasse ich mich von ihren chaotischen Gedankensprüngen mitreißen. Ich will ihr ja nur helfen, Ordnung beziehungsweise eine chronologische Reihenfolge der Geschichten zu finden. Das ist allerdings insofern nicht ganz einfach, als an manchen Tagen eine Flut von Eindrücken zusammenzukommen scheint. Dann höre ich Sätze wie: „Die Zeit läuft mir davon." Vor mir laufen nur die holländischen Stadtneurotiker davon. Immerhin weiß ich daher, was sie meint: Sie sind noch da, nur festhalten kann man sie nicht. Also halte ich das fest, was mir im Gedächtnis geblieben ist. Apropos im Gedächtnis geblieben: Ich hörte mir wieder einmal mit großem Interesse folgenden Traum an – sie warnte mich noch.

Ein Rückfall in fromme Kindertage:

Lupinenteppich

Während der Fronleichnamsprozession bete ich vor – wie jedes Jahr. Alle wiederholen andächtig die Kurzpsalmen bis ich mich dazu hinreißen lasse, mein Lieblingsgebet vorzubeten. Das gehört nicht zum Prozessionsprogramm und wäre auch nicht vom Pastor gutgeheißen worden, obgleich er ein Marienverehrer war. Es beginnt mit: „Unter deinem Schutz und Schirm flehen wir dich an, Heilige Gottesgebärerin", und ist ziemlich lang. Nach einer Weile kriege ich einen Schreck und ende mit dem gängigen „Gegrüßet seist du Maria" und alle stimmen ein. Auf dem Blumenteppich am Marktplatz während der Segnung mit erhobener Monstranz kommen mir die Tränen, weil alle die schönen Blüten, die wir in langen Stunden ausbreiteten, zertrampelt werden. Es fällt gar nicht auf, wenn ich nicht weiter vorbete, denke ich und gehe nach Hause.

Den Traum ausgelöst hatte ein langer Schwatz mit einer ihrer Lebensfreundinnen, Christel. Sie hatten sich vor endlos langer Zeit in London kennengelernt. Diese wunderbare Frau meistere ihr Leben mit Hilfe der Religion, ohne missionarisch zu sein, meint sie dann anerkennend. Den Bekehrungsdrang hätten trotzdem alle überzeugten Jenseits-Gläubigen, sinniert sie weiter. Und Sätze wie: „ich bete für dich" könnte sie sich schon gut anhören. Sie bäte ihre *poder superior* ja auch um Schicksals-Gunst für ihre Lieben.

Ansonsten ist heute einer jener Tranfunzel-Tage nach dem heftigen Sturm der beiden letzten Tage. Die einzige große Pinie auf der Terrasse über der *casita* hat den Sturm überstanden. Ricardo hatte sie seinerzeit nicht gefällt, weil er sich nicht zugetraut hatte, die Fallrichtung zu bestimmen. Und sie könnte mit ihren mindestens 15 Metern Höhe das *casita*-Dach treffen. Diese Angst erscheint nicht so ganz unberechtigt, denn vorher hatten all die kleineren Pinien um sie herum die Macht des Sturms aufgefangen. Um Bäume zu fällen, beziehungsweise Äste zu verbrennen, braucht Marni eine Sondererlaubnis, weil die *casita* in der „geschützten Waldzone" liegt. Das ist allerdings immer abhängig von der jeweiligen Regierungsform. Zur Zeit hätten offenbar die Grünen Mitspracherecht, sagt Marni. Unsere alte Finca liegt nur wenige Kilometer entfernt von dem großen Brand bei San Juan vor 2 Jahren. Pinienfreies Umfeld ist seitdem Pflicht. Trotzdem käme ein Umweltspezialist um nachzumessen. Marni, die ein supergutes Verhältnis mit all ihren spanischen Nachbarn im Naturschutz-Gebiet hat, ist bestimmten Spezialisten gegenüber skeptisch, die auch heute noch nach dem *dueño*[13] fragen würden, wenn sie Machos sind.

Tranfunzeltage haben das, was Marni sorglos nennt. Sie sind natürlich auch ereignislos. Aber gerade die Ereignisse machen ja Sorgen, meint sie und stellt wieder einmal das Telefon ab. Ihre Lieben würden sowieso auf den Anrufbeantworter sprechen. Gerade verpasste sie mir dieses Frühjahrs-Antifloh- und Zeckenmittel. Riecht übel. Muss aber sein. Sie hatte gerade eine Zecke auf meinem Ohr entdeckt. Schließlich schlafe ich bei ihr im Bett und Vorbeugungsmaßnahmen der besonderen Art seien schon immer notwendig gewesen – im Bett, grinst sie. Manche Bemerkungen sind rätselhaft, können es aber auch gerne bleiben.

Der Sturm hatte die überdimensionale Blech-Eidechse am Bädli neben dem Wohnwagen heruntergeweht. Die musste nun sicherer angedübelt werden. Dübeln sei die Lieblingsbeschäfti-

---

[13] Eigentümer

gung ihres Hausfreunds, Werner. Der wäre auch ein zuverlässiger Gartenbetreuer. Wie schon erwähnt ist er kein Katzenfan. Seine Dübelleidenschaft ist für Marni oft ein Stein des Anstoßes. Zum Beispiel letzte Woche: Wieder einmal hatte er ganz vorzüglich neue Bücherregale angedübelt. Marni war entzückt. Bei der Gelegenheit musste ein Jugendstilspiegel, den sie einmal von Irmelischka erworben hatte und den sie besonders stilvoll fand, tiefer gehängt werden. Marni hatte einen Termin in Sta. Eulalia und besprach mit Werner die wöchentlichen Hilfsarbeiten. Als sie zurückkam hatte Werner den Rahmen des Jugenstilspiegels an die Wand gedübelt. Auf keinen Fall den Mund aufmachen, erklärte mir Marni. Aber dann ist sie wieder ganz beglückt von seinen praktischen Fähigkeiten, zum Beispiel das Bädli neben dem Wohnwagen, an dessen Wand die überdimensionale Eidechse hängt, angedübelt an seinem Meisterstück, der Nut- und Feder-Wand, weiß-lackiert, der Boden gefliest mit Natursteinen. Jordi wäre entzückt gewesen. Alle Einzelteile, außer dem Nut- und Federholz und der Duschwanne sind vom Flohmarkt. Da ist sie die Expertin. Was die Vokabel Nut- und Federholz auf Spanisch betrifft: in Jordis Anekdotenrepertoir nahm sie eine Sonderstellung ein. Werner bemühte sich, Spanisch zu lernen. Dabei half ihm ein elektronischer Vokabelübersetzer. Seine Technik-Kenntnisse hielten Schritt mit seinen Sprachkenntnissen. Und bei fehlenden Übersetzungshilfen pflegte er zu sagen: „Das nimmt er nicht an", der Minicomputer. Für Jordi wurde „das-nimmt-er-nicht-an" zu einem geflügelten Wort.

Während Marni bei dem Anblick von *Morning Glory*[14] in Begeisterungsausbrüche verfiel, zupften Jordi und Werner an ihren Wurzeln. „Unkraut", konstatierten sie und mit Blick auf meine verständnislose Zur-Kenntnisnahme: „das nimmt sie nicht an". Mit Un-Kraut ist das wie mit all den anderen „Uns", sie können höchst erfreulich sein, so wie Unsinn. Aber was die *Morning Glory* betrifft, so hatte die bereits ihren eigenen Sinn, beziehungsweise ihre unausrottbaren Wurzeln. Und sowohl Jordi als auch Werner resignierten dann beim Anblick des blauen Blütenzaubers – ein Irr-Sinn.

Die letzte Liebe

Heute müßte sie wieder einmal reimen

Sagt meine Menschenfreundin und zückt den Stift

Mir soll's Recht sein, ich sags auch keinem

Rückfälle sind verzeihlich – was mich betrifft

Ich bin nicht nur ihr fan sondern auch speziell

überzeugt von ihrem Talent und höre mir alles schnurrend

    an

---

[14] Winde (bot.)

Dafür sagt sie mir so wunderbare Sätze dann und wann wie: Die letzte Liebe hat immer ein Fell.

✳

Heute tauchte wieder einmal Herrmännsche auf. Er ist ein attraktiver Grauer, ich nehme an, ein Vorfahre war Karthäuser. Nach Chicas und Erizos Tod kam er häufiger, und weil Marni zu diesem Zeitpunkt wieder einmal Hermann Hesse als Seelentröster las, nannte sie ihn Hermännsche. Sie hatte schon angefangen, ihn als Erizo-Nachfolger zu sehen. Zu ersetzen wären Chica und Erizo nicht, aber offenbar habe er erkannt, dass die Trauer noch zu groß war. Er entschwand wieder für längere Zeit. Ich persönlich mochte ihn leiden. Er hat – wie soll ich es sagen – so etwas Sanftmütiges. Das hat Puschel zwar auch. Die Gutmütigkeit von Puschel finde ich aber eher langweilig. Hermännsche macht einen neugierigeren Eindruck. Natürlich servierte Marni ihm außer Trockenfutter Milch und ein Eigelb. Bei Eiern und Fisch achtet sie seltsamerweise auf das Verfallsdatum, was ihr sonst nicht so wichtig ist, wie Sohn Markus verständnislos feststellt. Hermännsche verspeiste alles und schaute sich noch eine Weile vom Terrassenrand aus die Umgebung an. Sie schien ihm zu gefallen. Als ehemaliger Flüchtling bin ich Neuzugängen gegenüber eher offenherzig. Marni sagt, ich hätte einen guten Charakter. Das scheint sich bei dem derzeitigen Flüchtlingsproblem offenbar leichter feststellen zu lassen. Sie scheint jedenfalls, was die iranische Herkunft von Puschels Rasse betrifft keine Vorurteile zu haben. Vorurteilsfrei wäre sie allerdings ganz und gar nicht erklärt sie mir. Und ich ahne, jetzt kommt wieder eine Geschichte. Eine komische, sagt sie.

Sie beschäftigt sich wieder einmal mit der Tatsache, dass die Insel ihre speziellen „Problem-Löser" hat, und sie selbst vor sich hin monologisiert, wie eine Kritikerin meinte.

*

Geschichte von der verschwundenen Weihnachtspost

In einer Finca in San Rafael machte die *Guardia Civil* eine aufsehenerregende Entdeckung: Neben tausenden von Briefen fanden die Beamten Brandrückstände, die darauf schließen ließen, dass ungeahnte Mengen weiterer Schriftstücke vernichtet worden waren. Leider fand man nicht das Weihnachtsbuch an meinen Sohn mit einem kleinen Geldschein als Lesezeichen. Einige Briefmarkenstempel datierten aus dem Jahr 2010. Der Verdächtige arbeitete seit Nov. 2012 nicht mehr bei der Post, beeilte man sich im Ibiza-Kurier klarzustellen. Vielleicht hatte er einen Nachfolger, denn mein niemals angekommenes Weihnachtspäckchen wurde eindeutig erst im Dezember versandt. Das alles hätte man vierzeilig auf einer Seite zusammenreimen können in meiner geliebten

Erzählgedicht-Form, aber – zum Mißfallen einer „Insel-Freundin" die einmal meinte: „Du redest zu viel" schreibe ich jetzt zu viel. Auf dieser Insel gibt es von allem ein wenig zu viel. Und wenn man sich hier zuhause fühlt, sind die Inselgeschehnisse deshalb makabrer, weil man die Geschichten-Auslöser zum Teil persönlich kennt. Leider war das bei dem Briefträger nicht der Fall. Er hätte gewußt, daß ich eine Büchernärrin bin und mir das Buch sicher auf meine Bitte hin zurückgegeben. Den Lesezeichen-Euroschein hätte er als Weihnachtsgeschenk behalten dürfen.

Um noch einmal auf den Karthäuser zu kommen: Hermännsche ist nicht nur besonders schön, er scheint auch zu lächeln, jedenfalls behauptet das Marni. Jordi, der immer der Sache auf den Grund ging, fand heraus, dass diese schönen Karthäuser ein wenig hundeähnlich sind. Daher hätten sie in Frankreich den Kosenamen Hundskatze. Und Jordi war ja, wie Marni immer wieder erwähnt, ein Hundefan. Erst nach Buris Tod, seinem geliebten Rottweiler, sei er auf die Katz gekommen. Zu diesem Zeitpunkt hätte sich aber gerade kein Karthäuser-Findling auf der Finca blicken lassen. Dafür Puschel, eine Perserin, aber das ist eine andere Geschichte.

Mein roter Verwandter schreit laut und hungrig vor der Terrassentür. Natürlich wird ihm ein Frühstück serviert. Inzwischen wird es Zeit, dir einen Namen zu geben, sagt Marni.

36

Aber nichts scheint ihr einzufallen. Der Schwanzlose speist. Marni denkt laut: „Sin-Rabo"[15] wäre doch eine Name. Das ist zwar prosaisch, klingt aber für Nicht-Spanier eher poetisch, Sinrabo gehört jetzt zum *casita*-Club. Ich schaue ihn mir schon länger an. Doch, ja, er ist *guapo*, auch ohne Schwanz. Außerdem hat er einen nicht-agressiven Charakter. Wo er wohl nachts schläft? Die Kissen auf den Stühlen der Außenküche riechen nicht nach ihm. Apropos Außenküche: Marni hat beschlossen, sie zu schließen von wegen der Ratten, die ihre Spuren in der Obstschale hinterlassen. Äpfel lieben sie. Zur Zeit gibt es aber nur Kartoffeln. Werner wird rechts und links ein Mäuerchen bauen und danach wird sie ihren Schiebetür-Spezialisten beauftragen, sagt sie. Die Idee ist gut. Wer weiß, vielleicht ist die Außenküche im Winter geschlossen doch zweckdienlicher, zumal man sie durch das Badewannenzimmer immer sehen kann. Allerdings muss dann noch eine zusätzliche Katzentür installiert werden. Werner richtet das schon. Wie erwähnt, manchmal hüpfe ich auf seinen Schoß. Marni hat großen Respekt vor seinen praktischen Fähigkeiten. An seine Katzen-Toleranz glaubt sie allerdings nicht. Ich auch nicht. Aber ein Schoß-Hüpfer kann ja nicht schaden. Mit Streichlern rechne ich nicht. Auch für Hunde hat er nicht unbedingt ein Herz. Wenn er, wie er betont, das Landleben so liebt, müsste das auch uns einschließen. Weil Marni seinen

---

[15] Schwanzlos

speziellen norddeutschen Humor liebt, provoziert sie ihn manchmal und meint zum Beispiel: „Wie man sieht, schrecken ganz Hartnäckige nicht vor deinem Desinteresse zurück. Schließlich haben sich hunderte von Spatzen ausgerechnet den großen Feigenbaum vor deiner Haustür als Schlafbaum ausgesucht." Und sie ließen sich auch nur anfangs von Werners in-die-Hände-Klatschen verscheuchen. Alle Bäume und Pflanzen rund um seine Finca wären sehr gepflegt, sagt Marni dann anerkennend, und hört sich lange Berichte über die damit verbundene Arbeit an. Alle Arbeiten, die nicht unter Einsatz körperlicher Anstrengungen geleistet werden, fallen bei ihm unter „Spielereien", selbst dann, wenn die Spieler den Lebensunterhalt damit verdienen. Aber das ist ein weites Feld, und für Tamaras „Spielereien" schafft er dann manchmal die „Rahmen"-Bedingungen und hängt die grundierten Leinwände an den blütenweiß gekalkten Finca-Wänden seines großen Kaminzimmers auf. Auch wenn Malen und Schreiben für ihn nicht unbedingt „arbeiten" bedeutet, so scheint er doch eine gewisse Achtung vor der Spielerei zu haben, beziehungsweise vor denen, die sich damit beschäftigen. Schließlich war seine Frau auch eine Schreiberin, und was Marni betrifft, so ignoriert er einfach ihre Wort-Spielereien. Für Tamara hat er bereits ein Regal gezimmert in dem sie all ihre Farben-Spielsachen unterbringen kann, wenn sie demnächst wieder kommt. Marni meint, die meisten Menschen wären in Kritikäußerungen sehr eloquent, könnten aber verstummen, wenn es darum ginge, Lobendes zu äußern. Sie weiß, wovon sie spricht, schließlich hätte der *marido*[16] darunter gelitten, gesteht sie mir. Ich leide ganz und gar nicht darunter. Aber seit Jordis Tod scheint sie auch nicht nur eigene Verhaltensweisen infrage zu stellen.

*

Puschel, die Schlafmütze, ist schon wieder im Kleiderschrank verschwunden. In die immer schon zur Hälfte gepackte Ibiza-Strandtasche, die Marni unter anderem zu ihren Deutschlandreisen mitnimmt, angefüllt mit obskuren Kleinigkeiten, die sie auf dem *mercado* für ihre Enkelkinder und ihren geliebten kleinen Patensohn Max gesammelt hat. Sie wäre allerdings vorwiegend für geschriebene Geschenke zuständig, meint sie dann. Und imitiert eine ihrer „Lit-Zi"-Freundinnen, die meint, außer ihr würde sie niemanden kennen, der schon gelesene, und folglich gebrauchte, Bücher verschenkt. Ein Beispiel für Kritik- statt Lobäußerung, sagt Marni, denn schließlich würde sie nur die Bücher verschenken, die ihr auch selbst gefallen hätten. Und außerdem hätte sie diesen Hang zu Second-Hand-Besonderheiten. Dieser Spürsinn wäre nicht nur auf ihren Einkaufsreisen quer durch Europa auf der

---

16 Ehemann

Suche nach Jungendstiligem nützlich gewesen. Und natürlich erzählt sie mir dann eine Geschichte aus ihrer Ladenzeit und dem schönsten Second-Hand-Fund am Anfang: Kater Archibald. Von Archibald habe ich schon viel gehört. Er sei die klügste Katz in ihrem Leben mit Jordi und Sohn Markus gewesen und zwanzig Jahre alt geworden. Sie will mir später einmal die Geschichte in Reimen vorlesen, die sie einmal für ihren Sohn aufgeschrieben hätte:

Archibald

Die älteste Katze wurde vierunddreißig Jahre und zwei Monate alt. Unser Kater Archibald lebte zwanzig Jahre. Er war schon ein Katzenopa als er auf die Insel kam. Allen neuen Inselkatzen gegenüber war er freundlich. Besonders mochte er Chica, die uns eines ihrer Neugeborenen gebracht hatte. Zu diesem Zeitpunkt lebte Felino noch, der aussah wie ein Dingo. Dingos sind australische Wildhunde mit dickem Schwanz. Sie sind hellbraun, können aber auch weiß oder schwarz sein. Im Gegensatz zu unseren Haushunden bleiben die Dingoeltern jahrelang mit ihren Jungen zusammen. Felino war natürlich kein echter Dingo, er sah aber so aus. Er jagte Katzen. Im Haus war er liebenswürdig mit ihnen. Außerhalb des Hauses war er ein Jäger. Archibald wusste das. Einmal verfolgte Felino den kleinsten, den wir auf die Insel mitgebracht hatten. Archibald, der zugeschaut hatte, ging mit dick aufgeplustertem Schwanz auf Felino zu und blieb vor ihm stehen. Da trollte sich Dingo-Felino. Vor Archibald hatte er Respekt. Soweit der Prolog.

Ich, der Kater Archibald

Ein Satz von Buris Herrchen, der mir immer gefiel

war: Ich wollt ich wär mein Hund

Meine Katzen-Frau hatte das Ziel

Ein Leben zu führen wie ich – unabhängig und

Ein Familientier zu sein, von allen auf Händen getragen

An den schönsten Plätzen Siesta zu halten

Manchmal hohe Sprünge zu wagen

Die Familienmitglieder mit Überraschungen zu unterhalten

Und besonders freundlich zum Hund zu sein

denn der nahm den ersten Platz ein

In Herrchens Herz und da wollte auch ich sein

Ich der Kater Archibald, von dem alle sagten

Ich sei der Klügste und ein Sonnenschein.

Vor Marnis kleinem Antiquitätenladen gab es einen Kas-tanienbaum, einer von vielen in der noch idyllischen Groß-stadt-Nebenstraße. Ein Ast ragte über den Zaun in Richtung

Laden und auf diesem Ast saß Archibald – zu diesem Zeitpunkt noch namenlos. Ganz offensichtlich hatte er einen Ausflug in die Freiheit gewagt. Er war ein bildschöner, gepflegter Tigerkater, der hungrig war, denn auf Lockrufe und Leckereien stieg er herab vom Baum und ließ sich auch in den Laden entführen. Zu dem Laden gehörte eine kleine Wohnung, die von Sohn Markus und seinen Freunden und auch Marnis Freunden gerne in Anspruch genommen wurde. Vor dem Schaufenster gab es nun immer mehr Schaulustige, denn zwischen all dem Jugenstiligen lag dekorativ und malerisch Archibald. Potentielle Jugenstilsammler interessierten sich auch zunächst oft nur für den Kater, der durchaus Jugenstil-Ansprüchen entsprach, wie an der Kopie des berühmten Plakats „Chat Noir", vor dem er döste, zu sehen war. Archibald, den Namen hatte Sohn Markus ihm gegeben, war nicht nur der Star im Jugendstilladen, sondern lange Jahre der beste Freund von Rottweiler Buri. Aber diese Geschichte ist länger und ich erzähle sie dir später, beziehungsweise lese sie dir vor, meinte Marni. Buris Geschichte wurde von ihr verdichtet. Seitdem leidet sie unter Dicht-Zwang. Den hätte sie jetzt besser unter Kontrolle heißt es dann. Aber schon das Wort Kontrolle jagt ihr Angst und Schrecken ein. Zum Glück gibt es da zur Zeit keinen Kontrolleur, was sie allerdings auch nicht nur freut. Ich genieße die fehlende Kontrolle und die traurigen Geschichten. Wenn sie dann zu traurig werden, versucht Marni sie auf die von ihr so geschätzte und beliebte Meyerhoffsche Art zu schildern. Meyerhoff ist zur Zeit ihr Favorit, der deutsche Anti-Knausgaard, sagt sie dann. Ich verstehe zwar kein Wort, registriere aber ihre Lesesucht. Sie sucht. Und sie scheint auch schon fündig geworden zu sein. Jedenfalls sind ihre Geschichten eindeutig nicht knausgaardisch. Vorbilder müssen sein, höre ich. Ich höre auch die Betonung auf „Bilder". Und dann ist sie bei einem anderen Lieblingsthema: Bilder, und zwar die ihrer Freundin Tamara. Wie sie sich da in Begeisterung steigern kann! Es gäbe da allerdings ein Handikap, erwähnt sie manchmal, ein eklatantes. Denn der bekannte Satz: „Hinter jedem erfolgreichen Mann steht eine kluge Frau" würde leider umgekehrt auf Tamara nicht zutreffen. Aus Mangel an klugem (Manager)-Mann im Hintergrund. Hinzu käme noch ihr Desinteresse an öffentlichen Maßnahmen. Mit anderen Worten: Ruhm zur Lebenszeit ist nicht unbedingt vorprogrammiert. Es sei denn... Und dann leuchtet plötzlich die Wundergläubigkeit aus Marnis Augen. Zusammen sind Tamara und Marni wunderbar und wunderlich. Jede glaubt an den Erfolg der anderen. Dann purzeln die Definitionen für Erfolg durcheinander. Marni ist der Meinung, von der Malerei leben zu können, sei bereits ein Erfolg. Heißt es nicht, zu den zweihundert besten zu gehören, die es angeblich nur in Deutschland gibt? Und Tamara richtet ihr Freilicht-Atelier auf der Insel ein. Womit wir auch wieder bei meinem Lieblingsthema wären: Insel-Leben. Die beiden italienischen Katzen von Tamara könnten schließlich nicht immer hin- und herfliegen, heißt es dann. Mit anderen Worten: ein Hauptwohnsitz müsste her. Dann basteln beide an ihrer Künstler-WG-Idee, die nun schon lange im Mittelpunkt der Planungen steht. Ich traue mir zu, mit den Italienern zurechtzukommen, zumal die ja Freilanderfahrungen haben und immer wieder mit Tamara in ländliche Ateliers reisen. Die Verwirklichung der Künstler-WG scheint an dem nicht stattfindenden „pekuniären Erfolg" zu scheitern. Dann parliert Marni hingerissen von der Kühnheit Jordis seinerzeit, gesteht aber auch kleinmütig ein, dass ihr diese Furchtlosigkeit fehlt. Ganz abgesehen von dem Preis, den Kühnheit fordert. Vielleicht ist es ja gerade der Traum, der bei Tamara die Bilder und bei Marni die Geschichten entstehen lässt.

Traum, den Menschenfreundin Marni mir vorliest:

Ein kleines, farbiges Mädehen hat sich selbst Lesen und schreiben beigebracht. Jetzt sucht es einen Job. Sie ist zwölf Jahre alt. In den Slums gibt es eine „Agentur". Sie vermitteln Kinder an reiche Familien als Putzhilfe. Der Agenturchef erkennt, dass sie besonders ehrgeizig ist. Er vermittelt sie an eine alleinstehende ältere Frau, die in einer großen Wohnung lebt im siebenundvierzigsten Stockwerk eines Hochhauses. Sie weiß, dass sie den Job nur deshalb bekommen hat, weil sie lesen und schreiben kann. Bald wird sie von ihrer Chefin zu extra-Arbeiten gebeten. Sie soll ihr vorlesen. Die extra-Arbeit zahlt die Chefin direkt. Und sie findet heraus, dass ein weißes kleines Mädchen bisher die Vorleserin war. Die „andere" wie sie sie nennt, ist viel angenehmer als sie selbst. Einmal begegnen sie sich, als die Weiße die Wohnung verlässt. Sie grüßte höflich, hatte eine sanfte Stimme. Warum sie mit ihrer lauten und rauhen Stimme den Vorlesejob übernehmen sollte, darüber dachte sie immer wieder nach. Die große Wohnung sauber zu halten fiel ihr relativ leicht. Alle Böden waren aus Holz, selbst die im Bad. Das Bad hatte eine riesengroße Badewanne, die auf Bronzefüßen stand.

Menschenfreundin Marnis Deutung: Sie erklärt mir, alle Traumdeuter meinten, jede im Traum vorkommende Person sei man selbst. Sie meinen sogar, man könne sich mit Tieren und Gegenständen im Traum „personifizieren".

Apropos Traum: Träume verstehe ich genauso gut wie die Geschichten. Und Marni versteht mich beziehungsweise Tiere so gut, weil sie nicht nur diese synästhetischen Wahrnehmungen hat, die so etwas wie eine Überschneidung von Eindrücken bedeuten. Im Volksmund heißt das: die spinnt – manchmal. Dann erzählt sie mir aber doch die Geschichte, als Sie das erste Mal eine synästhetische Wahrnehmung genoss:

Geschichte vom süß-sauren Anorak

Sie war etwa 14 oder 15 Jahre alt und hatte sich in den Kopf gesetzt, ihr erstes Geld in der Weinlese an der Nahe zu verdienen. Schuld daran waren jene seltenen Geschichten, die ihre Mama mit begeistertem Gesichtsausdruck erzählte. Die hatten meistens etwas mit Weinlese zu tun und den damit verbundenen fröhlichen Erlebnissen – schon während des Traubenpflückens und nicht nur am Abend mit Singen und Tanzen. Marnis Mama hatte auch gar nichts dagegen. Und so erlebte sie das erste Mal, dass draußen in der Natur zu arbeiten Freude machen kann. Sie verliebte sich auch das erste Mal, in den schönsten und schüchternsten Traubenleser. Mit anderen Worten: ein voller Erfolg. Von dem verdienten Geld kaufte sie sich einen grünen Anorak, den schönsten Anorak, den sie je gesehen hatte. Und dann passierte diese seltsame Sache: Das Grün schmeckte süß-sauer, wie die Weintrauben, jedes Mal wenn sie ihn trug. Nicht einmal ihrer besten Freundin erzählte sie das, schon gar nicht zuhause. Mama, die zum Beispiel der Meinung war, Träume sind Schäume, hätte sowieso „Spinnereien" gesagt. Kein Wunder, wenn man mondsüchtig ist, hätte es geheißen. Das Herumwandeln bei Vollmund war schon deswegen ärgerlich, weil Marni alle Lichter in den Zimmern, die sie durchwandelte, an- aber nicht mehr ausknipste. Was für eine Stromverschwendung hieß es dann am nächsten Morgen. Sie hatte schon früh erkannt, dass sie auf keinen Fall eine tüchtige Bäuerin werden wollte und hatte schon daher, wie Mama meinte, „Flausen im Kopf". Dass Grün sauer schmeckte und andere Wahrnehmungen in Verbindung mit ihren Tierlieblingen behielt sie jahrzehntelang für sich.

Zu dem süß-sauer schmeckenden Grün kamen dann die noch sonderbareren Entdeckungen, dass sie hörte, wie ihre Lieblingstiere, zum Beispiel die „Braun", dachten. Das war schon deshalb verständlich, weil sie beobachtete, wie die „Braun", wenn Papa das Feld beackerte, die Furchen in Richtung Stall immer schneller zog als die in die entgegengesetzte Richtung. „Es geht nach Hause" hörte sie die Braun denken.

Heute würde sie ihren „inneren Erzähler" zu Wort kommen lassen, sagt sie. Inzwischen weiß ich, das sind Erinnerungen, die ihr nicht nur gefallen, sondern die sie auch variiert. Dazu bekennt sie sich. Auch dazu, Traumlücken durch Assoziationen zu schließen. „Wer, wenn nicht ich darf das?", sagt sie dann, und schließlich bin ich eine bekennende Synästhetikerin die zum Anthropomorphieren neigt. Bis zum vorletzten Papst wurden z. B. Tieren eine Seele abgesprochen. Die Hybris der Menschen ist exorbitant. Zu viele Fremwörter, zu viele Adjektive! Würdest du bitte darauf verzichten, bitte ich sie. Und sie verspricht es, was nicht viel bedeutet, nur soviel: wir sind gleichberechtigt. Dass ich nicht sprechen kann, interessiert sie nicht. Unsere non-verbale Verständigung funktioniert – dank Synästhesie und Anthropomorphie. Was die Synästhesie angeht, bin ich natürlich weiterhin interessiert. Ansonsten: ich bin ein Tier, habe eine Seele und einen Geist, das göttliche Prinzip ist auch in uns Tieren. Gab es uns doch vor den Menschen! Für mich ist das nur in Verbindung mit Geschichten interessant, die uns unsere Herkunft zu erklären versuchen. Lebensnotwendige Tricksereien beherrschen wir so gut wie die Menschen. Und dann höre ich mir zum ersten Mal die Geschichte von Felino an:

Felino bellt ins Tal

Felino war einer der Findlinge. Er hatte Marnis Herz im Sturm erobert, obgleich er ein Katzenjäger war. Ambivalent, wie schon erwähnt. Buri, der Rottweiler, konnte ihn ganz und gar nicht leiden. Gemeinsam hatten sie eine Leidenschaft: Wenn sich etwas im Tal bewegte standen sie nebeneinander auf der Terrasse und bebellten beziehungsweise besprachen dieses Ereignis. Felino blitzschnell und Buri behäbig langsam. Entsprechend waren auch die Essgewohnheiten. Während Felino bereits alles aufgegessen hatte, kaute Buri noch gelangweilt an der zweiten Hälfte. Dann griff Felino in seine Trickkiste: Er stürzte an den Terrassenrand und bellte ins Tal. Buri vergaß den Rest seines Menüs und taperte hinterher. Sobald er die imaginären Feinde im Tal bebellte, stürzte Felino sich auf den noch halbvollen Buri-Napf. Jordi beschrieb dieses immer wiederkehrende Überlisten seines geliebten Rottweilers mit größter Anerkennung für den Findling Felino. Eine Ahnung von Felinos Überlistungsstrategien hatte Buri schon und setzte im Zweifelsfall seine körperliche Überlegenheit ein. Da bleibt doch nur Anthropomorphisieren…

Wie richtig vermutet, hat der Zugelaufene – ich darf ihn so nennen, denn ich war selbst einer – jetzt einen Namen: „Sinrabo" nennt Marni ihn. Das klingt melodisch, ansonsten müssen Namen ja nicht so prosaisch sein wie meiner.

Heute ist wieder einmal einer jener nachdenklichen Tage, nicht immer macht Denken traurig. Heute schon. Das kündigte sich schon am Morgen an. Wenn Marni, nachdem wir alle gefrühstückt haben, zu Stift und Papier greift, weiß ich schon Bescheid. Sie neigt zu Hypergraphie. Das Wort lernte ich von ihr bei der Beschäftigung mit einer ihrer Lieblingsautorinnen: Siri Hustvedt, und die liebt unter anderem Fremdwörter, sagt Marni und ist fasziniert von ihrem Hyper-Wissensdrang. Wie sie sich in der „Zitternden Frau" außer mit Psycho-, Philo-, Neuro- und vielen anderen Logien auseinandersetzen würde – gekonnt! Das ganze dann Roman zu nennen wäre wieder einmal typisch euphemistisch.

Ein durchschnittlicher Wissenschaftler hätte mindestens drei Sachbücher daraus gemacht. Um noch einmal auf die Hypergraphie zurückzukommen: Siri Hustvedt beschreibt unter anderem, wie sie einer Psycho-Patientin Schreibunterricht erteilt und die ihr erzählt, dass sie gerade ein Manuskript von 3000 Seiten fertiggestellt hätte. Hypographisch gesehen ist meine Marni durchaus noch im behandelbaren Bereich.

Schreibunterricht bei Siri Hustvedt wäre allerdings schon einen Hysterie-Befund wert, sinniert sie dann.

Apropos Befund. Marni findet immer etwas, das hängt natürlich mit der alten Flohmarkt-Leidenschaft zusammen und – hier auf der Insel – der Angewohnheit, nicht-mehr-Gebrauchtes an der *basura*[17] abzustellen. Das sind ihre größten Fundorte. Dass Sohn Markus vor zwei Jahren dort seine unersetzlichen Lebensgefährten fand, ist auch ihrem zwanghaften Blick auf jeden Müll-Platz zu verdanken. Diese lange Geschichte kürze ich jetzt einmal ab – zwei von fünf Siam-Mischlingen kamen jedenfalls aufgrund dieses Zwangs nach Hamburg. Die übrigen drei fanden ein Insel-Zuhause. Ich erwähne das auch nur, weil die beiden, Cielo und Felina, Thema jedes langen Telefongesprächs sind, und Marni oft bedauert, dass sie nur einen kleinen Balkon statt einer kleinen Insel haben. Ich persönlich verlasse die *casita* nur höchst selten, obgleich mir die Inselwelt offen steht. Natürlich könnte ich jetzt lange über Freiheit, Abhängigkeit etc. sinnieren, aber ich erzähle lieber Geschichten. Das sei ja das Glück beim Erzählen bzw. Schreiben, sagt Marni. Sie würden auch dann glücklich machen, wenn man traurig sei. Simplifizieren nenne ich das in meinem Bemühen, auch weniger gebräuchliche Wörter anzuwenden. „Wie dä Herr, sos Geschärr" hatte Marnis Oma immer gemeint und jetzt kommt bestimmt eine ihrer geliebten

---

17 Müll, auch Müllsammelstelle

Oma-Beschreibungen. Nein, doch nicht. „Ein Reim muss wieder sein", sagt sie, und ich höre zu.

Und jetzt beginnt doch die Oma-Geschichte:

Oma-Geschichte

Oma hatte ihren Mann im Ersten Weltkrieg verloren, war Mitte dreißig, Witwe und hatte vier Kinder. Vier Mädchen. Der jüngste Sohn war bei der Geburt gestorben. Der Bauernhof war klein, aber ernährte alle, Oma war, wie die Spanier sagen, *muy católica*, ein Umstand, der zu vielen Komplikationen führte als die vier zu attraktiven jungen Frauen heranwuchsen. Das Dorf hatte eine Besonderheit: Die ersten sieben Häuser links, vom größeren Nachbarstädtchen aus betrachtet, waren katholisch, der Rest evangelisch. Das Zusammenleben war seit altersher ortsüblich mehr oder weniger harmonisch, denn man war auf Nachbarschaftshilfe angewiesen. Ein ungeschriebenes Gesetz besagte, dass der potentielle Ehemann in einem der katholischen Nachbardörfer zu suchen war. Omas schöne, arbeitswillige und begehrte Töchter hatten damit allerdings nicht viel zu tun.

Die Geschichte geht später weiter, denn gerade kommt die spanische Nachbarin Teresa und sucht ihren entlaufenen *podenco*.

Gerade sagt Marni begeistert, du wirst es nicht glauben, aber der selbstgezüchtete kleine Mandelbaum, der auf der unteren Terrasse neben dem Tierfriedhof immer nur mickrig vor sich hinvegetierte, trägt in diesem Jahr zwei Mandeln. Werner hatte ihn neben dem Häuschen für den Generator eingepflanzt, ein Platz, der ihm ganz offensichtlich gefällt, neben zwei Avocadobäumchen. Er sieht zwar immer noch etwas dürftig aus, aber Mandeln in Reichweite, die würden wir dann auch ernten. Zwei. Das erste spanische Sprichwort, das sie gelernt hat, war: „*Con algo hay que empezar.*"[18] Den alten Mandelbaum neben dem Studio vernachlässigt sie, obgleich Jordi vor sieben Jahren noch einmal liebevollst die verdorrten Äste entfernt hatte. Seine leuchtenden Blüten sind im Januar von der unteren Terrasse gut zu sehen. Mir scheint, die Blüten interessieren Marni mehr als die Früchte. Daraus würde sie sicher wieder ein Gedicht fabrizieren, wenn ich ihr meine Gedanken übermitteln könnte. Kann ich zwar manchmal, aber gerade funktioniert die Gedanken-Übertragung nicht. Ich bin zu sehr mit Sinrabo beschäftigt. Ja, doch, er könnte ein Freund werden. Seine Intelligenz gefällt mir. Puschi ist strohdumm – abgesehen von der Tatsache, dass ich sie auch nicht riechen kann. Da Marni halbseitig sowohl hör- als auch sehbehindert ist (aufgrund einer Medikamentenschädigung vor langer Zeit) nehme ich an, dass sie auch geruchsgeschädigt ist. Den

---

[18] Mit etwas muss man anfangen

Geschmackssinn scheint die rechtsseitige Behinderung nicht zu beeinträchtigen. Vielleicht schmaust sie Schokolade und andere Köstlichkeiten ja auch linksseitig. Mich stören kleine Behinderungen ganz und gar nicht. Sinrabos fehlenden Schwanz finde ich eher originell. Und er selbst hat auch keine Probleme damit. Diese dicht mit rotem Fell umwachsene Stummel ist zu komisch. Übrigens scheint er nachts unter dem Wohnwagen zu schlafen. Jedenfalls sah ich ihn heute morgen verschlafen darunter hervorkommen. Wie ich Marni kenne, würde sie selbst in der Wohnwagentür eine Katzenklappe einbauen, wenn der oder die zukünftige Benutzerin ein Katzenfan wäre. Natürlich denkt sie dabei an Tamara. An Tamara denkt sie mehr als an ihren Sohn, ihre Enkelinnen, mich und die anderen Lebensbegleiter. Morgen ist wieder einmal eine kleine Party, Barrys Geburtstag, angesagt. Der Apfel-Blätterteig-Kuchen steht schon bereit. Übrigens war ich erstaunt, dass mir die verkleinerten Ostereier schmeckten. Marni kann nur ganz schlecht Essbares entsorgen und bietet es erst einmal uns an, den Eidechsen, Mäusen oder anderen Hungrigen. Aus Eiern mache ich mir nichts, aber die Ostereier schmeckten mir, Sinrabo übrigens auch, weil Marni neuerdings vieles mit Kokosnussöl würzt. Puschi verschmähte sie.

Marnis gute Laune hat, wie ich aus Erfahrung weiß, auch noch einen anderen Grund: „ein ganz passabler Reim" sagt sie erstaunlich zufrieden. Hier ist er:

Kunstgerecht

Erinnern heisst (auf-)bewahren. Irgendwann kommt dann
   die Zeit
– vielleicht erst nach langen Jahren –
Dann ist es soweit
Wie Antiquitäten werden sie ihre Liebhaber finden
Als Sammlerin biete ich sie einem Publikum an
Damit bewahre ich sie vor dem endgültigen Verschwinden
Ein anderer Sammler erwirbt sie sodann
Erfreut sich vielleicht an ihnen, denn sie sind
kunstgerecht restauriert und nennen sich jetzt Poem oder
   Roman.

Ja, ich weiß, ich habe Flöhe und ich darf nicht ins Bett bis
die Flöhe entschwunden sind. In die *casita* darf ich trotzdem.
Vermutlich hüpfen sie jetzt in die Wollmäuse unter dem Bett.
Leider belästigen sie auch Marni, die Flöhe, nicht die
Wollmäuse.

Heute Morgen klapperte schon früh die Schreibmaschine.
Wenn es sich um einen Traum handelt, war er eher uner-
freulich. Die fröhlichen erzählt sie mir immer gleich, manchmal noch vor dem Frühstück. Puschi findet das lästig. Als erste

erwartet sie ihre Morgenmilch. Warum sie keine Flöhe hat, findet auch Marni höchst seltsam. Das kann ja nicht nur der Körpergeruch sein.

Lange klapperte die Schreibmaschine nicht. Marni ist völlig fasziniert von Peter Wohllebens „Das geheime Leben der Bäume". Wenn Bäume ein Gedächtnis haben und über Duftstoffe miteinander kommunizieren können und Schmerzen empfinden, dann ist es ja wohl naheliegend, dass wir Tiere menschenähnlicher sind als sie. Ich bin gerne ein Tier. Mir gefällt der Ausspruch von Jordi: „Ich wär gern mein Hund".

Wenn Marni das Telefon abstellt und auch am Abend keinen Waldrundgang macht, ist das einer jener Tage, an denen ich sie nicht aus den Augen lasse, hinter ihr herlaufe wie ein Hündchen und ganz dicht neben ihr sitze auf der Liege. Alle Pflanzen wurden gewässert, am längsten der Pfeifenputzer und die beiden Pfirsichbäumchen, die aus Chica und Erizo wachsen. Da sind Worte überflüssig.

*

Die Mieter, und die beiden Stadtneurotiker natürlich, ziehen aus. Marni hat keine Ahnung, wie sie das Haus vorfinden wird. Für die Stadtneurotiker wird die Inselzeit mit Sicherheit eine besonders schöne Zeit gewesen sein – jedenfalls nach der Öffnung der Katzenklappe. Die Zeit Freundschaft zu schließen war zu kurz. Sinrabo kommt nun schon seit circa einem Jahr und ich bin immer noch zurückhaltend, allerdings abwartend tolerant. Weil Marni sich zur Zeit mit Victor Frankl beschäftigt, gefällt ihr natürlich seine Meinung: „Die Welt ist nicht heil, aber heilbar."

Wenn Marni wieder einmal ihr Fluchtverhalten verbalisiert und idealisiert, folgen Zitate. Das kenn ich schon. Poetische sind mir lieber als logotherapeutische, aber letzteres ist ihr zur Zeit eben wichtig. Wie sagt Hausfreund Werner: „Man kann schließlich nicht immer dichten". Recht hat er. Dann sucht sie Zuflucht beim Wort eines ihrer Lieblingsdichter:

Vergangen nicht

Verwandelt ist

was war

(Rilke)

Die Vergangenheit als Teil der Gegenwart. Verwandlung. Die Pfirsichbäume, die aus Chica und Erizo wachsen, blühen. Die Wiedergeburt oder Balance zwischen Illusion und Wirklichkeit ist für mich als Katz kein Problem. Mein Umwandler ist Marni. Sie sagt: Ich muss ja nicht alles verstehen. Wenn sie alle ...ionen verstünde, würde sie nicht mit uns im Pinienwald leben. Ihre Kraftquellen sind Natur, wir, Bücher – die Reihenfolge ist austauschbar.

„Wenn der Schriftsteller nicht fähig ist, den Leser gegen Verzweiflung zu immunisieren, dann soll er es doch wenigstens unterlassen, ihn mit Verzweiflung noch zu infizieren"[19], liest Marni mir gerade vor. *De acuerdo.*

*

Ich gebe zu, ich habe einen Hängebauch. Schön ist der nicht. Essen ist eine Lust und böse menschliche Zungen sagen: „der Sex des Alters". Marni stimmt zu, lässt aber 'des Alters' weg. Ich könnte natürlich darauf verzichten, Eidechsen zu jagen, denn schließlich gelingt es mir meist nur, ihren Schwanz zu erwischen. Auch Jagen ist sozusagen eine Ersatzbefriedigung. Hoffentlich sagt Marni das nicht dem Nachbar-Jäger, der sie sowieso nicht leiden kann – und umgekehrt.

Die Stadtneurotiker werden ganz schön traurig sein, wenn sie wieder in Holland leben müssen. Wie gut es mir geht! Ich darf hier auf meiner Insel bleiben, solange ich lebe, und auch danach, wenn ich mir etwas wünschen dürfte, würde ich gerne vor Marni sterben. Das hat Jordi sich auch gewünscht. Und wie man sieht, gehen Wünsche auch manchmal in Erfüllung. Wenn ich dich erzählen lasse, meint Marni gerade wieder eimal, habe ich wenigstens die Chance, später einmal von meinen Enkelkindern gelesen zu werden. Die erben zwar tausende von

---

19 Fernando Pessoa (portugiesischer Schriftsteller)

Büchern – der Gegenwert in Euros wäre ihnen vielleicht lieber – aber eine Katze, die Geschichten erzählt, würde ihnen schon gefallen, ganz abgesehen davon, dass sie selbst in diesen Geschichten auch vorkommen – später.

Marni versteht einfach nicht, dass ich Puschi nicht leiden kann. Sie glaubt, es wäre Eifersucht, ist es aber nicht. Puschi ist lieb, immer freundlich, sieht hübsch aus, aber – sie riecht nicht gut. Es ist bei uns Tieren wie bei den Menschen: Manche können wir nicht riechen. Dass Marni sich mit dem Gedanken trägt, eine von den fünf Katzenbabies zu nehmen, die gestern Irmelas Pauline geboren hat, gefällt mir auch nicht besonders. Aber – ¿que hacer?[20]. Vielleicht sollte ich sie erst einmal beschnuppern. Zum Glück weiß Marni das. Dass die kleinen Katzen just an dem Tag geboren wurden, als Frieda, Irmelischkas alter Lieblingshund verschwand, ist eine dieser Lebens-Trauer beziehungsweise -Freude-Ereignisse. Frieda war dement und fand schon vorher zwei Mal ihren Weg nach Hause nicht mehr. Irmelischka ist stundenlang unter allen Büschen und Lieblingsverstecken herumgekrochen – erfolglos. Ich mochte Frieda nicht. Wenn sie uns besuchte, lief sie bellend aber schwanzwedelnd hinter uns her. Puschi saß schon beim ersten Anblick hoch oben im Sabina[21]-Baum. Mir blieb dann

---

[20] was soll man machen?

[21] Phönizischer Wacholder (bot.)

auch nichts anderes übrig. Ich bin kein Angst-Kater, aber wer vertraut schon einem Hund, wenn er nicht der Haushund ist?

Inzwischen habe ich mich mit Sinrabo angefreundet beziehungsweise Sinrabo hat sich mir angenähert. Ich kann ihn besser leiden als Puschi und das, obwohl er ein unkastrierter Kater ist. Er hat einen guten Charakter, ist vermutlich mit mir verwandt und – was auch Marni besonders gefällt – ist *muy hablador*. Ich kann mich lange mit ihm unterhalten. Er sitzt da, mampft zufrieden sein Trockenfutter und ist immer in der Nähe. Er gehört ja schon zu uns. Inzwischen würde Marni ihn auch nicht mehr an Brigitte ausleihen im Sommer. Er dürfte bei Brigitte auch gar nicht ins Haus, wie sie inzwischen erfuhr. Seine Schwanzlosigkeit ist eher originell.

*

Heute flüchtete sich Marni wieder einmal besonders intensiv in unsere kleine heile Welt. Nach den Nachrichten – in Aleppo sind in einem Kinderkrankenhaus alle Kinder und Ärzte durch einen „versehentlichen" Angriff umgekommen – wollte sie nur noch in ihre Traumwelt flüchten, mit uns, den Büchern und ihren liebsten Freunden am Telefon. Macht sie doch sowieso, Flüchtlinge sind nicht beliebt, weiß sie.

Teresa kommt gerade vorbei. Die mag ich leiden. Sie hat selbst zwei Hunde und viele Katzen. Eine wäre seit zwei Tagen aushäusig und Catalina, die Nachbarin, bei der sie wohnt, hätte gemeint, frag doch mal bei Marni nach.

Teresa ist eine Straßen-Künstlerin auf dem *paseo* in Sta. Eulalia hat sie einen Stand. Sie bietet den Touristen Porträts an. Die Ähnlichkeit ist immer sichtbar und sichtbar ist auch die Verschönerung. Davon lebt sie – von der Verschönerung. Ihre fünf Kinder sind ebenfalls schön. Die Hälfte des gemieteten Hauses von Catalina und Toni hat sie wundervoll dekoriert mit all den eigenen Malereien und Ibiza-Besonderheiten. Marni schenkte sie ein schönes Aquarell von der Kirche in Sta. Eulalia. Sie sammelt alles, was ihr gefällt. Die Schränke und Lagerräume sind ausgefüllt damit, was sie dann auf dem Markt in Cala Lleña verkauft. Sie und Marni tauschen Lebenserfahrungen aus und stellen ihre gemeinsame, zum Teil skurrile Tierliebe fest.

„Sollten wir ein Loch in den Zaun des Nachbarn schneiden, der seinen Hund auf drei Quadratmeter einzäunt, obgleich ihm unendlich viel Land gehört?" „Aber Teresa, er würde das arme Tier suchen und wiederfinden, es bestrafen. Wir müssen uns etwas anderes ausdenken."

Wir nerven ihn im Vorbeigehen mit Vorschlägen für eine Erweiterung des Hundezwingers. Als er Marni dabei ertappte, wie sie dem Hund Essen und Trinken brachte – er selbst ist während der Woche in seiner Stadtwohnung – zeigte er ihr wütend all das Trockenfutter, das in einer Holzhütte neben dem Zwinger gestapelt ist.

Sie fragte ihn: „Warum haben sie denn einen Hund?"

Er: „Zum Jagen".

Gejagt werden im Herbst Kaninchen, die im Frühjahr ausgesetzt wurden und Rebhühner, die der Hund apportiert, nachdem sie vom Jagdhund-Halter abgeschossen wurden.

Schließlich kapituliert er. Er zäunte circa zweihundert Quadratmeter ab, und der Jagdhund bekam eine *compañera*. Marni als *extranjera* hätte gar nichts erreicht. Aber Teresa! Diese Spanierinnen sind resolut und in der Stierkampf-Tradition aufgewachsen, die sie inzwischen hinter sich gelassen haben. Teresa hatte wohl an seinen Familien- und Geschäftssinn appelliert. Beide sogenannten Jagdhunde würden schöne gut zu verkaufende Nachkommen produzieren. Die immer noch attraktive Teresa lebt zwar allein. Unter den potentiellen Lebensgefährten lauern viele gescheite –ehemalige – Machos, sagt Marni zu ihr. Dann lacht sie."*Ya lo se.*"[22]

„Wenn ich heute nicht mindestens ein halbes Dutzend Seiten tippe, schaffe ich niemals dieses Buch", sagt Marni und hämmert lustlos auf der Schreibmaschine herum. Mir gefällt das Geklapper. Es ist einschläfernd.

---

[22] Ich weiß schon

Es könnten auch mehr als sechs Seiten werden, denke ich. Dabei fällt mein Blick auf das Gästebett. Und was steht da: ein Koffer. Oh je. das heißt, Marni fliegt demnächst davon. Schon eine Woche vorher stellt sie den Koffer hin und im Vorbeigehen verschwindet Wichtiges darin, das sie mitnehmen muss in ihre zweite beziehungsweise erste Heimat. Ich weiß natürlich, dass sie immer wieder daran denkt, auch mich mitzunehmen. „Die Scheune würde dir gefallen", höre ich sie dann sagen, „aber das alte Haus liegt an der Straße, und du hast die Gefahr der Autos nie kennen gelernt." Sie mag es, wenn ich mich in den Koffer lege. Mach ich immer. Selbst Puschi liebt den Kofferplatz. Auch sie weiß: Keine Marni. Antonia kommt und sorgt für Alltagserledigungen – unser Essen, Pflanzen gießen, Lichtschalter an, damit Trick-Klauer glauben: da ist jemand zuhause. Wir sind ja auch zuhause.

Seitdem dieses Trickschild „*Zona videovigilada*"[23] über der Terrassentür klebt, meint Marni, die Trickklauer wüssten nicht, dass es ein Trick ist. *Quien sabe*[24]. Auch Trickklauer können auf Tricks hereinfallen. Meine sind weniger erwähnenswert. Zum Beispiel tu ich so, als würde der köstliche Duft von Hühnersuppe nicht in die Nase steigen und dann, wenn die Gasherdflamme erloschen und der Topf nicht zugedeckt ist, schlecke ich genüßlich. Na ja, auf den Gasherd zu hüpfen er-

---

[23] Video-überwachter Bereich

[24] Wer weiß

fordert schon ein wenig Mut. Den hab ich. Marni unterstellt mir eine Menge Mut und wie das so ist im Leben, der äußert sich für sie auch dann, wenn ich in Wirklichkeit richtig feige bin.

Ein Beispiel: Zwei Hunde des *taxista*[25], der oben auf dem Berg lebt, kommen von Zeit zu Zeit, schlecken die letzten Krümel aus Sinrabos Napf, Puschi sitzt schon im *Sabina*-Baum, und sie tun so als hätten sie das Recht, auch mich zu jagen. Ich sitze auf dem Tisch der *casita* und schaue auf sie herab. Was bleibt mir auch anderes übrig. Sie sind zu zweit und der *Sabina*-Baum ist mindestens fünf Meter entfernt. Manchmal kann auch Feigheit wie Mut aussehen. Es kommt ganz auf den Standort, das heißt den Standpunkt an. Marni puzzelt an ihren Rosen herum. Sie ist sichtbar stolz darauf, dass sie nicht nur schon blühen, sondern ziemlich viele neue Triebe haben. Sie hatte sich endlich einmal aufgerafft, einen gescheiten Rosendünger zu kaufen, und jetzt beträufelt sie jeden kleinsten Ableger. Selbst der fast erstorbene auf Jordis Platz, wo die *Bandera* blüht, schlägt wieder aus. Ausschlagen wäre nicht ganz die Bezeichnung in Verbindung mit Rosen, erklärt sie dann. Aber schlagen könne sich ja auch positiv auswirken – siehe Rat-Schläge. Abgesehen von den ausschlagenden Rosen und den nicht erhaltenen Ratschlägen wäre der Tag ein schlagender Beweis dafür, dass nicht nur Stimmungen ausschlaggebend für

---

[25] Taxifahrer

einen guten Tagesbeginn wären, meint Marni und stellt fest, ich hätte einen leicht verschlagenen Gesichtsausdruck. Ich schaue aus wie immer. Schlagfertigkeit wird von mir nicht erwartet. Apropos erwartet. Marni wartet wieder einmal auf eines dieser kleinen Wunder, an die sie glaubt. Sie will ihr altes Elternhaus partout nicht verkaufen und trägt sich mit einem Gedanken, der in ihrem Dorf mit nicht vorhersehbaren Problemen verbunden sein wird. Soll sie es an Flüchtlinge vermieten? Das kann sie aber nur, wenn sie vorher ziemlich viel Überzeugungsarbeit an den Nachbarn leistet. Wenn die nicht einverstanden sind, darf sie es – bei aller Starrköpfigkeit – nicht wagen, sagt sie. Das Flüchtlingsthema hat sie bisher mit mir nicht besprochen. Wir, alle Hunde und Katzen außer Buri und Tuljan, waren Flüchtlinge und haben bei Jordi und Marni ein Zuhause gefunden. Da liegt es doch nahe, dass sie es auch mit Zweibeinern versucht, lasse ich sie wissen. Du hast ja Recht, sagt sie, und verschiebt das Thema um noch circa zwei Wochen – wenn ich aus dem Koffer muss.

Heute sprach Marni endlos lange mit einer alten Freundin am Telefon. Zeitweise hörte ich interessiert zu. Sie hat keine Geheimnisse vor mir. Es ging unter anderem um den Flüchtling Sinrabo. Er ist redefreudiger als ich, vor allem dann, wenn er etwas zu essen haben will. Und das heißt mehrmals am Tag. Marni scheint das zu freuen. Eigenartig. Sie sieht doch, dass er reichlich wohlgenährt ist und gar nicht jedes Mal

Hunger haben kann. Ersatzbefriedigung nennen das die Menschen. Damit scheint sie sich auszukennen.

Und dann liest sie mir laut aus dem Buch vor, das sie als nächstes im „LitZi" – so nennt sie den Literatur-Zirkel – besprechen. Das sagt sie aber nicht zu den anderen, offenbar weiß sie noch nicht genau, ob sie ihn ernst nehmen soll. Bei den Teilnehmern scheint ihr ein gewisses Engagement zu fehlen. Zeitvertreib ist ihr zu wenig. Sie ist der Meinung, jeder müsse abwechselnd ein Buch seiner Wahl vorstellen. Bisher schien das nicht der Fall gewesen zu sein. Und Kritik allein, sagt sie, ist ihr zu wenig. Aber vier Bücher will wohl keiner im Monat kommentieren, und so wurden bisher die von den beiden Vielleserinnen vorgeschlagenen entsprechend kritisiert. Als nächstes käme auch noch ihre Unsitte hinzu, den anderen ins Wort zu fallen. Mit anderen Worten: sie wüsste gar nicht, ob sie eine geeignete Diskussions-Partnerin in der Runde sei. Nun übernehme ich auch noch ihre schlechte Angewohnheit vom Hölzchen zum Stöckchen zu kommen. Ich wollte von ihrem Telefonat mit ihrer Freundin erzählen, in dem es um meinen Kollegen Sinrabo ging. Eine ihrer alten Hamburger Freundinnen, *dueña* einer wunderschönen alten Finca in der Nähe von Sta. Eulalia, verbringt viele Monate auf der Insel und in dieser Zeit hat sie gerne Gesellschaft. Nicht unbedingt menschliche. Sie liebt Katzen. Bisher war Marni eher ärgerlich über ihre Art, liebevollst mit einer Katze zusammenzuleben solange es ihr passt – damit scheint sie Erfahrung zu haben – um dann die Katz ihrem Schicksal zu überlassen, wenn sie wieder nach Deutschland fliegt. Bei den spanischen Nachbarn sei ja immer etwas zu holen, habe sie dann gemeint. Offenbar ging es bei dem Gespräch wieder einmal um die „Sommer-Katz" und ich hörte voller Erstaunen wie Marni Sinrabo anbot. Das hätte den Vorteil, hörte ich sie sagen, dass Sinrabo bei dir Finca-Ferien machen könnte und in der übrigen Zeit bei uns in der *casita* leben würde. Was soll ich dazu sagen? Marni scheint da wieder einmal eine ihrer höchst fraglichen Zugeständnisse zu machen. Natürlich weiß sie, dass Sinrabo bei ihr eine gute Saison hätte, aber schließlich könne man sich niemanden zum Liebhaben nur solange ins Haus holen, wie es gerade passt. Und an diesem Punkt – und nicht nur an diesem – gab es in der Vergangenheit gehörige Meinungsverschiedenheiten. Ich bin gespannt, wie sich das weiterentwickelt.

Mit dem Namen „Sin-Rabo" schien Frederike jedenfalls schon einmal sehr einverstanden zu sein. Ich konnte sie buchstäblich durchs Telefon kichern hören. Um mein exzellentes Gehör beneidet mich Marni sehr. Sie kokettiert seit Jahren mit ihrer rechtohrigen Schwerhörigkeit und meint, einer von Jordis Freunden hätte immer vergnügt berichtet, dass er deswegen als geschätzter Zuhörer bekannt sei – besonders bei seiner Frau – weil er zeitweise das Hörgerät abstellen würde.

Das nächste, von Ines vorgeschlagene Buch im „Lit-Zi" heißt: „Dies ist kein Liebeslied" von Karen Duve. Daraus hat Marni mir länger vorgelesen. Unter anderem ginge es um die erwähnte Ersatzbefriedigung mit all ihren negativen Folgen. Es sei aber nicht „ihr" Buch. Und dann höre ich mir lange ihre Ausführungen über die sogenannte Pop-Literatur an. Schon die einleitende Feststellung der Protagonistin „Mit sieben Jahren schwor ich mir, niemals zu lieben" dämpfte Marnis Lesefreudigkeit und Neugierde, denn sie hatte wenig Lust auf schnodderige, aggressive Negativ-Lebenserfahrungs-Beschreibungen. Sie wird bestimmt im „LitZi" damit nerven, zu viel und zu lange und zu vehement ihre Abneigung zu verkünden.

*

Endlich kommt der langersehnte Regen. Seit 2 Tagen gehe ich nur dann vor die Tür, wenn es sein muss. Sinrabo hockt auf einem weichen Kissen in der Außenküche und Puschel kommt nur zu den Mahlzeiten von ihrem Hochsitz, dem obersten Bücherregal, dem einzigen alphabetisch geordneten, wie Marni immer wieder mal zufrieden erklärt. Erstaunlicherweise fallen auch beim Hoch- und Runterhüpfen keine aus der Reihe. Mir ist heute ein Malheur passiert. Ich weiß, Marni war ein wenig traurig. Beim Hochspringen in die Spüle – der Wasserhahn tropfte, und frisches Wasser ist schon köstlicher als das abgestandene in der Gießkanne – stieß ich so ungeschickt gegen das Abtropfgestell, dass ein Teller herunterfiel. Einer von Marnis geliebten *Mariposa*-Tellern, natürlich zersprang er in nicht wieder zusammenklebbare Teile. Marni liebt ihr Villeroy & Boch Geschirr aus ihrer langjährigen Messe-Zeit. Weil Sturm und Dauerregen offenbar gute alte Zeiten heraufbeschwören und melancholisch stimmen, versucht sie wieder einmal Ordnung in ihren Manuskripten zu schaffen. Im allgemeinen gehört Ordnung schaffen nur anfallartig zu ihren Alltagsbeschäftigungen, aber sie ist auf der Suche nach einer alten Geschichte, die sie ihrer Freundin Irenen schicken will. Irenen bestärkt sie seit längerem in ihren Bemühungen, endlich einmal ein Buch mit Erzählungen statt Gedichten zusammenzustellen. Schon in der guten alten Zeit hätte sie am liebsten Tiere erzählen lassen, sagt Marni, das sei eine Macke von ihr so wie Tagebuch schreiben. Damit könne sie sich buchstäblich in eine bessere Stimmung hinein manipulieren. Ich bin ziemlich sicher, dass sie mir die Geschichte vorliest, wenn sie sie denn nun in den Chaos- Ordnern findet. Noch ist sie unauffindbar.

*

Wenn meine Menschenfreundin wieder einmal sichtlich zufrieden in ihrer Schreibecke hockt ist klar, sie dichtet. Dieser versonnene Gesichtsausdruck mit dem sie ihren Blick abwechselnd übers Papier und den *Sabina*-Baum vor der Terrassentür schweifen lässt, das bedeutet fabulieren. Zumal sie sich in einem langen Gespräch mit einem Lamentierer befasst hatte. Ich könnte ebenso gut den Telefonhörer ein Weilchen auf den Tisch legen, sagt sie, und manchmal macht sie das auch. An einem Tag wie heute scheinen die Lamentationen sie jedoch zu inspirieren. Nach dem Endlos-Gespräch greift sie zu Stift und Papier. Für mich bedeutet das: ich rolle mich auf dem Nebenstuhl ein und kann sicher sein, sie wird eine Weile sinnieren. Arbeiten nennt sie das nicht. Aber sie liebt es, wenn man ihr Schreiben als Arbeit bezeichnet. Das hängt mit ihrem Hausfreund Werner zusammen. Der ist nicht nur ein penibler Gärtner und Terrassen-Instand-Halter sondern auch zuständig für die alljährlichen Streicharbeiten. Das würde er nicht nur mit der ihm eigenen Akkuratesse machen, sondern auch mit dem ständigen Hinweis, dass er täglich schließlich acht Stunden arbeiten müsse, davon drei Stunden wöchentlich bei Marni, während alle anderen faul (das Wort umschreibt er) ihr Inselleben genießen würden. Malen und Schreiben als Arbeit zu bezeichnen käme ihm nicht nur nicht in den Sinn, sondern er würde auch in lautstarken Schilderungen beschreiben, was in seinem Finca-Umfeld alles zu beschneiden, beackern und zu erneuern sei. Mit Malen seinen Lebensunterhalt zu verdienen lässt er gerade noch gelten, weil ihm die Malerin gefällt. Aber

Dichten als Arbeit? Das wäre nun doch übertrieben, gibt Marni seine Meinung wieder, und dann liest sie mir das Ergebnis ihrer Nicht-Arbeit vor. Sie betont allerdings, dass sie den Humor des so hart arbeitenden, zuverlässigen Schaffers sehr schätzt:

Komik-Star

Jemand, der unter unfreiwilliger Komik leidet

Beschließt, sich mit Humor zu befassen

Wie er diese Humorvollen beneidet

Vom Schicksal begünstigt überlassen

Sie ihn seinem Selbstmitleid

Kein Bedauern

Nur weit und breit

Lamentierer die auf Verständnis lauern

Und er erkennt

Humor ist nicht erlernbar

Doch schließlich bin ich intelligent

Folglich erfreue ich meine Umwelt als Komik-Star.

*

Das war ein schöner Nachmittag, der erste im Frühling, an dem Marni ins Tal zum alten Olivenbaum ging. Ich begleitete sie. Die alte Liege kracht demnächst zusammen. Vor Jahren hatte Marni sie bei ihrem Lieblings-*rastrillo*[26] '100% Ibiza' erstanden und Jordi hatte – mit unzähligen Nägeln ein verstellbares Rückengestell gebastelt. Das gibt es immer noch. Vielleicht mag Marni deswegen die Liege nicht entsorgen. Mit Guillermo und seiner *jefa* von 100% Ibiza hält sie immer einen Schwatz. Die beiden leben mit all ihren Tieren inmitten dieser Flohmarkt-Idylle. In einem Küchenhängeschrank im oberen Fach unter einem a*lgarobo* brütet gerade eine der Flohmarkt-Hennen ihre Eier aus-. Guillermo hat ihr ein Entenei untergeschoben, gesteht er mir. Der Platz sei klug gewählt, bei all den Katzen, Hunden und sonstigem Getier. Dieses Mal sucht Marni wieder einmal einen kleinen Hängeschrank für die Außenküche. Der mit der Henne koste das Doppelte, habe Guillermo gemeint. Aber der wäre auch viel zu groß. Sie findet einen ibizenkischen kleinen Nachttisch, der sich kopfüber aufgehängt – vorzüglich als Hängeschrank eignet. Sie zirkelt und dübelt – zwar nicht so akkurat wie Werner, aber dann hängt er da, weiß gestrichen. Wenn der untere Teil nicht mit Küchengeschirr aufgefüllt wäre, könnte ich da meine Siesta halten. Die Außenküche, sie macht Marni Sorgen, denn immer

---

26 Flohmarkt

71

wieder wird Obst etc. langsam aufgegessen. Ratten. An denen bin ich nicht interessiert. Ein Mäuslein fangen, das macht Freude. Aber Ratten? Sie sind einfach zu groß, zu clever. Daher trägt Marni sich mit dem Gedanken, die Außenküche mit Hilfe einer Terrassen-Schiebetür zu schließen. Guter Gedanke, allein es fehlen die Euros. Derweil schließe ich langsam Freundschaft mit Sin-Rabo. Marnis Idee, ihn einen Sommer lang Frederike zu überlassen, finde ich gar nicht so schlecht. Da wird er im Winter danach das *casita*-Leben schätzen. Um noch einmal auf Guillermo von '100%-Ibiza' zurückzukommen: Im vergangenen Jahr musste er vorübergehend die Holz-Tore schließen. Das a*yuntamiento* hatte ihm die Lizenz, die er vermutlich nie hatte, entzogen. Er spezialisierte sich auf *leña*, Kaminholz für den Winter, und tat sich mit einem anderen Lebenskünstler zusammen, der Kunstwerke aus Schwemmholz bastelt. Da der die Haushälfte von Irmelischka bewohnte, konnte Marni die angefertigten Schaustücke besichtigen. Sie waren, nun ja, angeschwemmt. Irmelischka lobte sie in den höchsten Tönen und Marni schwieg dazu, was ihr nicht immer gelingt. Sie weiß, dass ich mir bereitwillig alle überflüssigen (schon wieder eines dieser verzichtbaren Adjektive, sagt sie) Beschreibungen anhöre. Zu viele Adjektive und Endlossätze, hieß es schon in der Schreibgruppe in Hamburg. „Aber gerade die freuen mich", sagt sie dann zufrieden mit sich (und das ist sie selten). Ich schnurre zustimmend.

Nach einer unruhigen Nacht – ich kann das beurteilen, denn wir schlafen Seite an Seite, werde ich demnächst mit Sicherheit einen Traum zu hören bekommen. Und richtig, hier ist er. Er ist ziemlich lang warnt sie mich:

Monika

Die Lage, in der ich mich befinde, ist fast aussichtslos. Da taucht Monika auf. Sie sieht blendend aus. Aber sie hat doch diese Autoimmun-Krankheit und muss im Rollstuhl sitzen, denke ich. Sie schlägt vor ins Hard-Rock-Café in der Old Park Lane in London zu gehen. Begleitetet wird sie von zwei interessanten Typen. Der eine hat von Monika offenbar die Anweisung erhalten, sich um mich zu kümmern. Das tat er auch. Warum sollte er das tun, ohne Anweisung, denke ich, freue mich aber über seine charmante Art. Im Café wird er von allen begrüßt und scheint eine bekannte Größe zu sein. Man hält mich für seine neueste Errungenschaft. Mich – in Endzeit-Stimmung. Die Wände rechts und links der Treppe, die wir hochgehen, sind verspiegelt. Ich sehe ein attraktives Paar. Wieso hat die Frau keine Haare, denke ich. Dass ich diese Frau bin, erkenne ich nicht. Wir landen in einem von schummrigem Kerzenlicht erleuchteten Spiegelsaal. Ich will nur nach Hause. Und das sage ich meinem Begleiter. „Das wollte ich früher auch immer", sagt der. „Hab ein wenig Geduld und schau Monika an". „Was ist mit ihr passiert", will ich wissen. „Sie wurde wiedergeboren", sagt er und überlässt mich einem Weißgewandeten. „Sie haben sich für die blaue Blume entschieden", meint der freundlich. „Und wo pflanze ich die ein?", frage ich. „Das entscheide ich", sagt er. Und langsam verliere ich das Bewusstsein.

Ich sage Marni nicht, dass mich ihr Traum beunruhigt, denn er bedeutet, dass sie mich verlassen könnte. Monika war eine ihrer liebsten Freundinnen aus der Hamburger Zeit und ist seit über dreißig Jahren tot.

Was passiert nachts im Gehirn? Ich höre ihren Gedanken zu: Wenn ich beim Einschlafen um einen Traum bitte, wird der Wunsch meistens erfüllt. Mein Traum-Geist ist viel erfindungsreicher als der Wach-Geist. Sind das nur Signale, Verarbeitung des Erlebten oder unabhängige kreative Helfer? Hirngespinste? Meine Gespinste wissen, dass sie willkommen sind.

„Wir befinden uns im Goldenen Zeitalter der Traumforschung", sagt Ursula Voss, Psychologin an der Uni Frankfurt am Main. „Die revolutionäre Botschaft lautet, dass unser Gehirn auch im Traum denkt, tüftelt und sogar Entscheidungen fällt – und dies sogar effektiver als im Wachzustand. Die Gegenseite in der Traumforschung hält Träume für das Nebenprodukt unwillkürlicher Hirnsignale", meint Ursula Voss, „Träume wollen uns nichts mitteilen, ihr Inhalt ist nicht wichtig und deshalb ist es auch nicht nötig, dass wir uns an sie erinnern". – „Wir haben keinen einzigen Beweis dafür, dass Sigmund Freuds Theorie der Wunscherfüllung im Traum zutrifft", meint auch Georg William Domhoff, amerikanischer Traumforscher (*„Finding Meaning in Dreams"*). Für Marni sind Träume nicht nur immer wieder Hilfen bei Entscheidungen, sondern auch Inspiration. Sie weiß, dass auch ich träume. „Du hast wieder einmal eine Eidechse im Traum verfolgt", sagt sie dann. „Ich konnte an deinen Pfotenbewegungen sehen, wie schnell du gerannt bist."

Weil Marni seit Jahr und Tag ihre Träume aufschreibt und das gerne herumerzählt, gibt es natürlich auch wissenschaftliches Interesse an diesem Kopfkino. Als Versuchsobjekt sei sie gänzlich ungeeignet, lacht sie und liest mir Auszüge aus *„Finding Meaning in Dreams"* vor, wo sie doch weiß, dass ich als Spanier kein Englisch verstehe. Meine Gedanken entspringen ja auch nur ihren Tagträumen.

Das Telefon klingelt wieder einmal und an ihrer erfreuten Stimme höre ich, dass es ihre liebste Freundin Tamara ist. Das kann dauern, zumal heute wieder ein Tag zu sein scheint, an dem nichts von dem geschafft wird, was notwendig ist. Da es in den letzten zwei Wochen viel regnete, gibt es *goteras*[27] im alten Haus. Das bedeutet, dass die Flachdächer abgedichtet werden

---

[27] undichte Stellen

müssen. Werner hat wenig Lust dazu, also muss Marni sich nach einem anderen Helfer umhören. Das auf der größeren Dachhälfte angesammelte Wasser schaufelt sie zwar häufig selbst mit Hilfe von Eimer und Wischmop, aber dieses Mal weigert sie sich. Ich begleite sie jedes Mal, höre mir ihre Unmuts-Laute an und denke, ein Hiwi muß her.

Und der kommt auch morgen. Werner ist zwar der Meinung, dass er schludert, aber *que hacer*, wenn er selbst vor Arbeitsüberlastung keine Zeit und Lust hat, beziehungsweise der Meinung ist, Marni solle doch vielleicht auch einmal arbeiten statt zu dichten oder zu prosaieren. Die Bilder ihrer Freundin Tamara sind ja in Werners Augen nur deswegen so etwas ähnliches wie Arbeit, weil Tamara auch die dazugehörigen Rahmen selber zimmert. Weshalb Marni der Meinung ist, ihre Arbeit würde nicht geschätzt, scheint etwas mit ihrer Kindheit zu tun zu haben. Schon damals waren zum Beispiel gute Zeugnisse von Muttern nicht einmal erwähnt worden, während der Trostpreis im Melkkurs oft ein Thema gewesen sei. Der Trostpreis war eine Schwanzklammer, mit deren Hilfe den Kühen während des Melkens der Schwanz an einem Bein befestigt wurde, damit die Kuh ihn der Melkenden nicht um die Ohren haute.

Auf jeden Fall sitzt Marni schon wieder in der Schreibecke, ich auf dem Nebenstuhl, und an der Art wie sie eifrig kritzelt mit zufriedenem Gesichtsausdruck, schätze ich mal, dass es sich nicht um Prosa handelt. Und richtig, die Schreibmaschine klappert. Gedichte werden nämlich gleich als Entwurf getippt, im Gegensatz zu der Endlosgeschichte an der sie arbeitet. *Lo siento*, Werner, es ist Arbeit, auch wenn sie oft Freude macht. Und hier zwei Entwürfe:

Strategie oder Phantasie

Erinnerung ist immer auch eine Form von Phantasieren, Erdichten

Eine Situation von drei verschiedenen Personen geschildert

Ergibt drei unterschiedliche Geschichten

Individuell ausgeschmückt und bebildert

Erinnern und Phantasieren sind unzertrennlich

Dichtung und Wahrheit

Unsere Erinnerungsbilder wandeln sich

Unter Einfluss unserer Gefühle in eine veränderte Wirklichkeit

Dieses Mal wird daraus eine Erzählung oder eine Biografie

Eine Mischung – am Anfang weiß man nie

Überlässt man sich der Strategie oder der Phantasie.

Keine Lebensgefahr

Manchmal bitte ich beim Einschlafen um einen Traum

Dann gleite ich auf den Wunschwellen ins offene Meer

Wie unendlich er ist, dieser unerforschte Raum

Seine Weite, seine Tiefe lockt, wer denkt da an Rückkehr

Mein Traumschiff ist nicht unsinkbar

Doch immer wieder fahre ich hinaus, ein Alptraum bedeutet keine Lebensgefahr.

*

Zur Zeit darf ich wieder einmal nicht ins Schreibzimmer. Dabei ist es auch mein Lieblingszimmer. Ich finde Marnis Geduld mit der Fledermaus geht zu weit. Schließlich kann ich ihr aber auch nicht versprechen, auf meinen Lieblingsplatz auf und hinter den Poesie-Bänden zu verzichten. Und ausgerechnet da ist jetzt die Fledermaus. An der Art, wie Marni halbherzig versucht, sie zum wieder-hinausfliegen zu überreden, merke ich schon, sie hat den abstrusen Gedanken, aus ihr ein Haustier zu machen. Dann doch lieber eine nicht fliegende Maus. Damit könnte ich mich abfinden. Ich verstehe ja, was sie fasziniert – ein Säugetier, das fliegen kann. Das Einzige, sagt sie, aber dann fällt ihr ein, dass es auch Flughunde gibt. Leider, meint sie, nicht auf der Insel.

Ich rechne schon damit, wieder einmal von einem Traum zu hören, in dem sie fliegen kann. Und richtig, sie sagt, schon lange nicht mehr vom Fliegen geträumt zu haben. Das hinge mit ihrer Wehmutsphase zusammen. Wer fliegt, ist übermütig. Und von Übermut gibt es keine Anzeichen, nicht einmal von Mut, sagt sie. Obgleich sie ihre letzten Gedichte wieder einmal an einen Verlag geschickt hat. Dazu gehöre schon Mut-Wille, so nennt sie ihren neuen Gedichtband. Und sie erzählt mir lang und breit von Emily Dickinson, deren Gedichte ihr gefallen und die vor hundertfünfzig Jahren lebte und Jahrzehnte vor sich hin dichtete, ohne jemals an so etwas wie Veröffentlichen zu denken. Der Gedanke gefällt Marni, dass es in hundertfünfzig Jahren noch Menschen geben könnte, die ihre Gedichte lesen. Und schon liest sie mir einen Teil eines Dickinson Gedichtes vor:

Wenn ich sterbe

Und du lebst

Und Zeit lief gluckernd ab

Und Morgen strahlt

Und Mittag brennt

Wie's das schon immer gab

Wenn Vögel früh am Nisten sind

Geschäftig Bienen surren

Verzichtet man auf Unternehmen

Hier unten ohne Murren…

Der sprachliche Eigensinn, die Einfachheit, ihre Naturver-
bundenheit und ihre skurrile Personifizierungen gefallen
Marni sehr. Die charakteristische Mischung von Ironie, Pathos,
Nüchternheit, Innigkeit und Witz – und immer wieder Reim-
Sucht:

„Das Meer sprach „komm zum Bach

Er „Laß mich wachsen" sprach

Das Meer sprach „dann wirst du ein Meer –

Komm jetzt – mir fehlt ein Bach

Das Meer sprach „Geh" zum Meer

Das Meer sprach „Ich bin der

Den du geliebt" – gelehrte Wasser

Für Mich ist Weisheit – leer.

Nichts spricht dagegen, dass ich bis ans Lebensende still vor
mich hin reime, kichert sie dann. Ich liebe ihr Kichern. Ich
weiß, Sie würde lieber schnurren. Aber schließlich muss es
auch etwas geben, das nur ich kann. Fliegen möchte ich nicht

können. Ist auch nicht vorgesehen in der Natur. Fliegende Mäuse und Hunde reichen. Von Flugkatzen ist Marni nichts bekannt. Denn da wäre ihr Domestizierungszwang sicher grenzenlos, wie ihr Freiheitsdrang beziehungsweise -zwang – nicht nur über den Wolken…

Heute gab es das Zusammentreffen mit Lulu, der holländischen Stadtneurotikerin. Ich finde sie gar nicht neurotisch, eher ein wenig überheblich. Sie spaziert auf dem von Werner mit brauner Silikonfarbe abgedichteten Flachdach. Auf dem Dach hatte ich sie schon vorher gesehen. Dieses Mal war ihr nicht aufgefallen, dass die Farbe noch nicht trocken war – kein Wunder – woher soll man das als Stadt-Katz wissen. Jedenfalls sah ich ihre entzückenden Pfotenabdrücke quer über das gesamte Flachdach. Kein Wunder, dass sie eine Trockenfutter-Allergie hat, wie ihre Menschenfrau Marni erzählte, man sollte schon wissen, dass auch auf dem Land nicht alles zu verdauen ist, was so an den Pfoten kleben bleibt. Wir saßen eine ganze Zeit lang uns interessiert betrachtend gegenüber. Sie ist in der Tat *guapa*, und auf jeden Fall intelligenter als Puschi. Ihre Hunde-Allüren fand ich allerdings seltsam. Ihre Menschenfrau muss nur zwei Mal „Lulu, Lulu" rufen und schon eilt sie folgsam zu ihr. Ich habe zwar auch Anfälle von Gehorsamkeit, aber das liegt in meinem Ermessen. Außerdem weiß ich, dass Marni vor allem auch meinen Eigensinn liebt. Damit hat sie viel Erfahrung, nicht nur mit dem eigenen, sondern auch mit dem ihres nun schon jahrelang toten Finca-Hockers, Jordi. Den hätte ich gerne kennengelernt. Wie mir Marni manchmal erzählt, habe er eigentlich Hunde lieber gemocht als Katzen, von wegen der Befehlsbefolgung, aber in den letzen Jahren sei er auf die Katz gekommen. Vor allem auch deshalb, weil er den Tod seines geliebten Buri nie verwunden habe.

Ich wusste immer, dass Marni mir früher oder später von Buri erzählen würde. Weil sie lieber uns Tiere personifiziert und selber erzählen lässt, hat sie jetzt angefangen, mir Archibalds Geschichten vorzulesen, denn die handeln von Buri und anderen wichtigen Mit-Lebewesen. Darauf komme ich eventuell später noch einmal zurück.

Die Tür zum BB (Badewannen-Bücher-Zimmer) aufzumachen ist kein Kunststück. Sie ist leicht, eigentlich sind es zwei Schranktüren. Puschi hat immer noch nicht kapiert, dass man zuerst die linke öffnen muss. Sie kratzt an beiden herum bis Marni es hört, um sie dann unwillig zu öffnen. Nun ja, ihr IQ ist nicht der höchste. Warum ich sie nicht leiden kann, weiß ich immer noch nicht genau. Als Langhaar-Katz mit ihrem buschigen Schwanz ist sie eine Schönheit. Ihre kurzen, stämmigen Beine und zu kleinen Ohren gefallen mir überhaupt nicht. Ihre Gutmütigkeit finde ich langweilig, so wie ihren mäßig ausgeprägten Freiheitsdrang. Mit anderen Worten: Ich kann einfach wenig mit ihr anfangen. Hin und wieder besucht sie die holländischen Stadtneurotiker. Die scheinen zwar auch nicht an einer Freundschaft interessiert zu sein, sind aber auch nicht abweisend. Ich mag sie einfach nicht riechen. Von Marni weiß ich, wie wichtig es ist, jemanden gut riechen zu können. Noch heute erzählt sie mir, wie gut der Finca-Hocker in allen Lebenslagen – nach ganz und gar nicht täglichem Duschen – gerochen hätte. Und dass der Grund für die Trennung von einem langjährigen Jugendfreund der war, das sie ihn nicht riechen konnte. Puschi putzt sich regelmäßig und hinterlässt massenhaft Wollbüschel. Sie hat offenbar genetische Übereinstimmungen mit der russischen Langhaar-Hauskatze, nicht aber mit der Angorakatze. Wie auch immer, vielleicht ist es ihr ja auf der Insel zu warm und ihr Fell ist zu dicht, vielleicht auch leicht verfilzt, denn Marni ist keine regelmäßige Fell-Bürsterin. Regelmäßigkeit gehört einfach nicht zu ihren Tugenden. Wenn ich ihr morgens nicht relativ pünktlich ins Ohr schnurren würde, würde sie keinesfalls zum immer gleichen Zeitpunkt aufwachen und aufstehen. Sie ist zwar ein Morgenmuffel, in dem Punkt habe sie sich hervorragend mit dem Finca-Hocker verstanden, aber reden gehört keinesfalls zu ihren Morgenübungen. Schreiben schon. Und nach dem Frühstück sitze ich dann gut gelaunt auf all den Papieren und Büchern, die sie um sich verstreut.

Heute schreibt sie ohne Unterbrechung. Dann handelt es sich meistens um einen Traum. Richtig. Ein seltsamer – wieder einmal – sagt sie:

Ulla, auch eine verstorbene Freundin, lädt zu einer Vernissage ein. In ein Haus in Pöseldorf. Das ganze Haus ist ein Kunstwerk, eine Anhäufung von exzellenten Sammelstücken in den berauschendsten Farben. Jedes Stockwerk ist noch eine Steigerung. Die Decken leuchten in gold-orange Tönen. Sie schenkt mir eine Djellaba (ähnlich der, die Jordi mir einst aus Marokko mitbrachte) in diesen Farben. Eine ungewöhnlich kostbare Djellaba, die ich damals nicht gewürdigt habe. Je länger ich alles betrachte umso mehr gerate ich in einen Farbenrausch. Ulla bewegt sich dazwischen wie eine Königin. Als mein Blick bei einem schillernden Schmetterling hängen bleibt, heftet sie ihn an die Djellaba.

Wie immer mit Deutung

Der Farbenrausch wurde ausgelöst beziehungsweise war ähnlich wie eine Wort- und Sprach-Symphonie, die ich zeitweise als rauschhaft empfand in „Teufelsbrück" (Brigitte Kronauer). Je länger ich las und mich ihren ungewöhnlichen, märchenhaften Assoziationen überließ – Eifersucht, Begehren, Machtspiele betreffend – umso farbenprächtiger, spielerischer und unwirklicher wurde die ganze Erzählung. Und die Protagonistin Zara war Ulla, alt und jung, eine Frau, die sich ihrer Macht bewusst und gleichzeitig großherzig und hilfsbereit war. Ulla starb ein Jahr nach Jordi.

*

Leider habe ich Flöhe, obgleich mir Marni das unappeti-
tlich riechende *Frontline* in den Nacken geträufelt hat. Jetzt
kämmt sie mich täglich mit dem Flohkamm. Wie ich das has-
se! Gestern habe ich sie in meinem Ärger ein bisschen gekratzt.
Lo siento. Wie ich sie kenne, wird sie bei Elena ein anderes
Flohmittel beschaffen, gegen das ich nicht resistent bin. Ich
darf weiter bei ihr im Bett schlafen – nach der Flohkamm-
Prozedur – allerdings am Fußende. Das akzeptiere ich und
wenn sie tief schläft, schleiche ich weiter nach oben. Wieso hat
Puschi keine Flöhe? In diesem dichten Fell müssten die sich
doch wohl fühlen. Vielleicht mögen auch die Flöhe ihren Körpergeruch nicht.

Gestern hat Sin-Rabo sich ein Herz gefasst und kam einfach rein. Mir war das recht. Ich vermute ja, wie schon erwähnt, dass wir verwandt sind. Ich gebe neidlos zu: Er ist attraktiver als ich, auch ohne Schwanz. Sein glänzendes Fell ohne
weißen Tupfer. Marni liebt meine weißen Pfoten und Backen
und bernsteinfarbenen Augen. Auch zu Puschi ist er freundlich. Und sie weiß auch noch nicht, ob sie damit einverstanden ist, ihn im Sommer Frederike zu überlassen.

Bei Vollmond und Sturm gibt es lange Lese-Nächte. Ob da
Virginia Woolf die richtige Lektüre ist? Sie hat ein wenig Angst
vor Virginia Woolf, gesteht sie, vor deren hohen Ansprüchen
an sich selbst, mit all ihrer Ambivalenz, ihrer Bisexualität, ihrer

Lebensangst. *Mrs. Dalloway* und vor allem *Flush* – das sei Lieblingslektüre. *Orlando* eher ein seltsames Märchen, nicht so ganz zugänglich, aber der wunderbare Satz: „Eine Frau braucht Geld und ein eigenes Zimmer wenn sie Prosa schreiben will", gefällt ihr sehr. Sie habe zwar wenig Geld, aber zwei eigene Zimmer, eins für Prosa und eins für Gedichte, höre ich sie dann sagen.

Ich muß noch einmal auf *Flush* zurückkommen, meint Marni. Vielleicht ist *Flush* schuld daran, dass ich dich, Rojo, erzählen lasse. *Flush* denkt und beobachtet und gibt einen tiefen Einblick in das Leben von Mensch und Tier, in ihre Beziehung zueinander. Du bist „nur" eine Katz, und ich bin nur eine Geschichten-Erzählerin und schon geht es weiter: Sophia, die junge, aktive Buchhändlerin von Libro Azul hat nicht nur ein Herz für interessante Autoren, sondern auch für Tiere. Ihre Hunde haben einen gemütlichen Platz unter ihrem Schreibtisch und die Katzen überall. Natürlich kennt sie sich mit Anti-Floh- und sonstigen Gegenmitteln aus. Kokosöl ist ein wunderbarer Anti-Floh-Duft, rät sie Marni. Sofort kauft die Kokosöl. So ganz teile ich ihre Begeisterung noch nicht. Die Flöhe riechen es offenbar auch gern. Es ist sündhaft teuer. Seitdem brät sie jeden Fisch in Kokosöl. Köstlich.

Um noch einmal auf Virginia Woolf zurückzukommen: Ertränken ist keine würdige Abschieds-Methode, findet Marni.

Sie weiß, dass in ihrer Kindheit auch Katzenbabies zu diesem Tod verurteilt wurden. Alle meine Art Genossen durften eines natürlichen Todes sterben und aus allen wachsen Pflanzen und Bäume. Kein Wunder, dass ich an Wiedergeburt glaube. Weil Marnis Sohn Markus einmal die Finca übernehmen wird, bin ich auch ganz zuversichtlich, dass der Friedhof hinter dem Olivenbaum erhalten bleibt.

Marni ist ganz wild auf die Berichte der Leipziger Buchmesse. Schön für mich, denn die Beiträge finden nur zu nächtlichen Stunden statt, was soviel heißt wie: Auch nachts darf ich mir Geschichten anhören. Zum Beispiel die:

Ein Autor, den Namen hat Marni vergessen, schreibt täglich zwei Seiten, die er im Internet veröffentlicht, und daraus wird dann ein Roman, hofft er. „Was meinst du Rojo", sagt sie, „so etwas schaffen wir auch ohne Internet". „Das nennt man Tagebuch, nicht Roman", wende ich ein. *„De acuerdo"*, sagt Marni und schreibt ihre 2 Seiten.

Heinz Marecek, der Wiener Charmeur, der im Libro Azul aus seinem *Leben ohne Rezept* vorlas, sei ein Zwei-Seiten-Schreiber. Marni war von seinem Buch angetan, weil es so liebevoll ihre geliebte Insel beschreibt und weil er so wunderbar eitel ist und – *last not least* – Humor hat. Bei einem anschließenden langen Plausch mit viel Rotwein gab es gleich noch eine Kostprobe: Kommt ein Kunde in die Buchhandlung und sagt: „Ich hätte gern Goethes gesammelte Werke." „Welche

87

Ausgabe", sagt der Buchhändler. „Stimmt", sagt der Kunde und verlässt die Buchhandlung.

Ich brauche bei Anekdoten manchmal etwas länger, um sie zu verstehen. Die verstand ich *en seguida*. Ich wollte, Marni hätte Virginia Woolfs Zuversicht, die nach der Vollendung von *Flush* meinte: „Ich weiß, das Buch wird ein Erfolg".

Marni weiß, dass ihre Enkel und Urenkel das Buch lieben werden. „Das macht mich langlebig", kichert sie. Aus Chica und Erizo wachsen Pfirsichbäume, aus mir ein Roman.

Marni reibt mich mit Kokosöl ein. Erfolg gleich null. Heute bearbeitete sie mich wieder mit dem Flohkamm. Sie stöhnte. Dutzende, punktgroße Floheier und natürlich auch Flöhe. Ich fürchte, auch heute nacht darf ich nicht in ihrem Bett schlafen. „Wieso hat Puschi keine?", wiederholt sie. Woher soll ich das wissen? Ein stärkeres Flohmittel muss her. Und schon packt sie unwillig die Korbtasche, um nach Sta. Eulalia in die *clinica veterinaria*[28] zu fahren. „Einkaufen muss ich sowieso", murmelt sie. An einem so sonnigen Tag wie heute würde sie sicher lieber auf dem Dreschplatz sitzen und lesen. Als das Telefon klingelte, konnte ich an ihrer erfreuten Stimme hören, dass es ihre Freundin Tamara war, die anrief und wieder aus ihrem einwöchigen Urlaub mit viel Familie zurück gekommen war. Na, das dauert länger. Um zwei Uhr machen fast alle Läden zu.

---

[28] Tierklinik

Ich werde ein wenig mein nach Kokos riechendes Fell belecken und vielleicht auch den einen oder anderen Floh fangen. Lästig sind die Viecher! Dann schau ich mal nach den Stadtneurotikern. Von Marni höre ich begeisterte Laute und Satzfetzen: „Das ist ja wundervoll!" etc. Es geht wohl wieder einmal um eine große Ausstellung von Tamara und die damit verbundenen vielen erfreulichen Anerkennungen und nicht genauso viele Verkäufe. Marni ist ein Fan ihrer Bilder und prophezeit immer wieder den großen Erfolg. Von Zeit zu Zeit macht sie selbst den x-ten Versuch, einen renommierten Verlag zu finden. Dieses Mal scheint es da einen kleinen, aber feinen in Berlin zu geben, der an dem gemeinsamen Band: Aktzeichnungen von Tamara und Liebesgedichte von Marni interessiert zu sein scheint.

Einen Auszug aus einem Murdoch-Zitat „Sich verlieben" liest sie mir dann vor. Mir gefällt alles, was sie mir vorliest, folglich bin ich, was Kritik betrifft, nicht sehr hilfreich. Und dann berichtet sie mir noch einmal von dem Leseabend im Libro Azul und dem anschließenden witzigen Gespräch mit dem Wiener Autor Heinz Marecek, von dem auch ihre Inselfreundin Irmelischka so angetan war. Sie hatten alle drei ziemlich schnell eine Gemeinsamkeit entdeckt: Lesen und auch Schreiben geht nicht ohne Humor. Marni hat die nicht so sehr beliebte Angewohnheit, in – fast – allen Büchern Randbemerkungen zu machen, und dann kommt natürlich prompt ein fett unterstrichenes Zitat: „...ich glaube einfach nicht an Denken ohne Humor." Dann meint sie noch, mir den makabren Jesus-Witz vorlesen zu müssen. „Bei den Islamisten würde eine solche Blasphemie mit dem Tode bestraft", sagt sie gar nicht mehr spottfreudig. Sie findet ihn auch sofort, da im teuren Hardcover-Buch, das ohnehin schon durch Randbemerkungen verschandelt ist:

„In Galiläa, Kanaan oder Nazareth, also irgendwo im Heiligen Land, soll eine Ehebrecherin gesteinigt werden. Alle stehen im Kreis um sie herum, jeder hat einen Stein in der Hand, bereit zu werfen. Da tritt Jesus unter sie und sagt: 'Wer von euch ohne Sünde ist, der werfe den ersten Stein!' Verlegene Pause.

Einer nach dem anderen legt seinen Stein auf den Boden, einer nach dem anderen verdrückt sich murrend.

Da kommt eine Frau, hebt einen Stein auf und wirft ihn nach der Sünderin.

Jesus dreht sich verblüfft um, schaut betreten zu Boden und sagt kopfschüttelnd, mit leisem Vorwurf in der Stimme: 'Aber Mama!'

Inzwischen ist es spät abends und ich sehe wie Marni es nicht übers Herz bringt, mich die zweite Nacht auszusperren. Ich weiß, ich bin noch nicht flohfrei, und ich weiß auch, dass

Flöhe vor nichts zurückschrecken. Sie lassen sich auch auf Menschen nieder, obgleich es da kein warmes Fell gibt. Aber noch hat sie keine Entscheidung getroffen. Es ist auch noch nicht Mitternacht. Im Badewannen-Bücher-Zimmer gibt es ebenfalls ein warmes Bett. Vielleicht akzeptiere ich das ohne wie gestern Nacht lange an der Schranktür zu kratzen. Diese Schranktür. Damals habe Jordi lange versucht, sie einzubauen. Das wäre damals auch knapp gelungen. Kratzspuren habe auch schon Erizo hinterlassen. So etwas wie schlechtes Gewissen kenne ich als Katz nicht. Darum, sagt Marni, beneide sie mich besonders. Sie weiß, dass ich viele menschlichen Gefühle wie Freude, Trauer, Neugierde, Wut etc. ebenso intensiv fühle wie die Menschen. Dass ich auch Dankbarkeit empfinde und sie zeigen kann, rührt sie besonders.

Die täglichen zwei Seiten, mit denen der Internet-Schreiber angegeben habe, würden ihr auch gelingen, sagt sie gerade fröhlich. Nur der würde für einen Verlag schreiben und sie? „Ja, für wen schreibe ich", fragt sie mich. Ich schaue sie an, und sie versteht mich sofort: für dich!

„Nun, wenn noch eine Handvoll Leser hinzukämen, wäre das schon erfreulich", sagt sie. Bei den Gedichten sind es ja auch mehr als eine Handvoll. Ich verstehe. Erwartungen hat man nicht - als Katz. Marnis nächtliche Überlegungen endeten schließlich mit dem Entschluss: Diese Nacht sollte ich noch einmal im BB-Zimmer schlafen. Und morgen würde man sehen, was der Flohkamm so zeigt.

*

Heute, am ersten warmen Frühlingstag, liege ich am Abend auf dem Dach des kleinen Elektrizitäts-Häuschens. Ich weiß, dass Marni bei dem Anblick traurig ist. Denn sechzehn Jahre lang lagen Chica und Erizo dreizehn Jahre dort in der Abendsonne. Ich setze einfach die Tradition fort. Puschi liegt lieber unter dem *Sabina*-Baum. Sin-Rabo schaut manchmal her. Ich könnte mir vorstellen, dass auch er den Abendsonnen-Platz einmal genießen wird, wenn wir Freunde geworden sind. Marni wollte sich eigentlich am späten Nachmittag mit ihrer Inselfreundin Irmelischka an der Cala Nova treffen. Aber dann erfand sie eine Ausrede, denn sie wollte einfach mit ihren Schreib-Erinnerungen und mit mir allein sein. Sie ging dann aber nicht zu den beiden kleinen Pfirsichbäumen, die aus Chica und Erizo wachsen. Ich hätte sie auf jeden Fall begleitet. Zum Glück gibt es Praktisches zu bedenken. Die Zisternen sind fast leer, und Catalina kann heute kein Wasser schicken, weil etwas an den Leitungen zu reparieren ist. Marni wartet also auf Catalinas Anruf und hat die Zweibeiner der Stadtneurotiker gebeten, sparsam mit dem Wasser umzugehen. Ich hab sie begleitet, weil das immer mit Streichlern und Komplimenten verbunden ist.

In diesem Monat ziehen alle aus. Schade. Sie haben offenbar ein Haus gefunden, in der Nähe von San Vicente, ein ideales Katzen-Haus meinten alle. Ein ähnlich unwegsamer *camino*[29] würde hinführen. Folglich keine Gefahr durch zu schnell fahrende Autos. Wenn noch etwas dazwischen kommen würde, kämen sie im nächsten Winter wieder. Marni erwartet jetzt ihre Sommergäste, und das sind meistens Naturfreaks. Bei den seit Jahren immer wiederkommenden bin ich sozusagen der zuhause-gebliebene Ersatz-Lieblingskater. Meistens nehme ich dann zu, bei all den Leckereien. Marni hat Verständnis. Figürlich gibt es da gewisse Ähnlichkeiten. An meinem Hängebauch, erklärt sie mir, wäre die Kastration schuld. Die vielen Leckereien auch. Wer, wieviel, warum und überhaupt schuld ist, gehört nicht zu meinen Überlegungen, beziehungsweise Gefühlen. Ich wundere mich nur, welche der so immerfort beschriebenen Gefühle sie uns zugestehen. Immerhin hat der vorletzte Papst uns eine Seele zugestanden. Das würde bedeuten, dass wir auch in den Himmel kommen, wenn wir uns den denn auch verdient hätten…

Gerade legt Marni ein kleines Büchlein zur Seite. Das könne sie ihrem Patensohn Max, für den sie es gekauft hätte, gar nicht zuschicken. Zu traurig, die Geschichte von Krambambuli, die gerade auf eine Katastrophe zusteuert, meint sie, als sie zu dem Punkt kommt, an dem sich Krambambuli – zer-

---

[29] Weg

rissenen Herzens – seinen beiden liebsten Menschen stellen muss. Auch vor hundertfünfzig Jahren wurden Tiere schon „anthropomorphisiert", wie Jordi das zu nennen pflegte. Und dann zitiert sie zufrieden Marie von Ebner-Eschenbach: „Die Katzen halten keinen für eloquent, der nicht miauen kann! " Ich höre nur noch, wie sie begeistert Tamara zustimmt, als die am Telefon sagt, den nächsten Hund würden sie „Krambambuli" nennen. Ich höre mit Entzücken, dass es eventuell einen nächsten Hund geben könnte. Dass der ein Katzen-Liebhaber sein wird, ist selbstverständlich.

Endlich bin ich flohfrei und darf wieder bei Marni im Bett schlafen. *Que lujo!* [30]Leider gibt es eine andere Plage, die schon zu Jordis Zeiten Erwähnung fand: schnarchen. Ich schnarche. Sie ebenfalls. Ihr Schnarchen stört mich nicht. Umgekehrt scheint es lästig zu sein. Ein Anti-Schnarch-Mittel ist noch nicht erfunden. Sie bewegt dann unter der Bettdecke die Füße und ich stelle um, auf Schnurren. Klappt gut. Zum Glück ist sie seit Jahr und Tag auf einem Ohr schwerhörig. Das hängt mit einer gelungenen Therapie gegen Schwindsucht vor langen Jahren zusammen. Die damals eingesetzten Medikamente beseitigten zwar die Tuberkelbazillen, leider aber auch die Leicht-Hörigkeit. Diesen Zusammenhang fand Jordi erst nach Jahrzehnten heraus! Die Beeinträchtigung sei allerdings nur rechts-ohrig, erzählt sie mir kichernd, aber das erwähnte ich

---

[30] welcher Luxus

schon. „Ohne das Neoteben damals hättest du heute nicht dieses erfreuliche Inselleben", sagt sie dann und krault mich an den beliebtesten Stellen. Mit anderen Worten, sie legt sich auf ihr nicht taubes linkes Ohr und schnarcht selbst. Wir sind ein eingespieltes Team und ich bin fast sicher, dass ich ihr mit meinen Erzählungen einige Leser verschaffe. Den Vergleich fände sie sicher hybride, wie Jordi sagen würde, aber Virginia Woolf wusste auch, dass Flush ein sogenannter Erfolg wurde. Leser lieben wahre Geschichten.

Marni hatte gerade einen guten Einfall. „Vielleicht könnte ich einfach all die unterlassenen Hilfeleistungen der Vergangenheit ignorieren und an die Handlungen denken, die mich auch heute noch erfreuen", sagt sie. Ich konnte nur zustimmend schnurren. Und dann erzählt sie mir einen ihrer „mutigen Vorschläge", den sie einst im Zusammenhang mit ihrem eigenwilligen Sohn in dem liberalen Gymnasium hatte. Am Elternabend wurden wieder einmal die Unarten der Kinder diskutiert. Als Nicht Hamburgerin fühlte sie sich nur in Begleitung ihrer Freundin Ulla einigermaßen sicher, die sich allerdings mit zwei wohlgeratenen Söhnen auf dem gleichen Gymnasium Respekt verschaffen konnte. Marnis Sohn war als Klassen-Clown bekannt und die Bestrafung bestand darin, dass er bei sogenannten Störungen einen Klassenbuch-Eintrag erhielt. Bei vier Eintragungen in einem Schul-Halbjahr war nicht nur ein Elternabend-Thema fällig, sondern die Schule hatte auch das Recht, den Schüler vier Wochen vom Unterricht auszuschließen. Eine höchst perfide Art zu demonstrieren: wir wollen dich nicht mehr in der Klasse. Alle waren dafür. Ulla zischelte ihr zu: „Du sagst jetzt, dass du in der Zeit der 'Freistellung' in der Klasse bist, schließlich musst du ja über den Lehrstoff unterrichtet sein und deinem Sohn die Hausaufgaben übermitteln."

Auf diese Art verhinderte sie zwar zwei Mal die vierwöchige Verbannung und die damit verbundene Gefährdung der Versetzung in die nächste Klasse, aber schließlich war die Umschulung auf ein Privatgymnasium doch unverzichtbar. Der Sohn setzte seine Klassenclowns-Karriere fort, fand aber dann doch seinen entsprechend eigenwilligen Lebensstil. Papa Jordi hätte ihm gerne seine Praxis übergeben, aber das Schicksal hatte andere Pläne.

Marni schleppte einen riesengroßen Terrakotta-Topf aus dem Carport auf die Terrasse vor der *casita*. Sie zeigte mir einen blau-lila-blühenden Strauß und erzählte mir, „Den habe ich vor einer alten Finca gepflückt, auf einem *camino* Richtung Sta. Eulalia. Die Finca-Besitzer, wollte ich um Erlaubnis fragen, aber niemand meldete sich, als ich laut an die Tür klopfte und *hola* rief." Wunderschöne Blüten, eine Art Strauchpappel *lavatera arborea*, die von April bis Juni blüht, leuchtend und vor der kleinen Finca in einer Größe von circa einem Meter. Jetzt sind die Samen im Topf und werden – *ojalá* – regelmäßig begossen.

Ein kleiner Strauß steht auf dem Tisch. Puschi hält gleich daneben ihre Siesta. Sieht schon malerisch aus. Weil es eine Wildpflanze ist, könnte sie sich schon an unregelmäßige Gieß-Zeiten gewöhnen, meint Marni.

Sie hat demnächst Geburtstag und nicht die geringste Lust, den zu zelebrieren, *como siempre*[31]. Sie hat auch einen guten Vorwand: In der Finca leben die Winter-Mieter und in der *casita* ist wirklich wenig Platz. Hausfreund Werner schlug vor, bei ihm zu feiern. Gute Idee. Aber gerade beschloß sie: „Es freut mich nicht". Lieblingssatz ihrer verstorbenen Wiener Freundin Isolde. Folglich keine Geburtstagsfeier. In ihrer Kindheit hätten Geburtstage keine Rolle gespielt, Namenstage schon. Irmelischka würde auf jeden Fall ihre Hunde mitbringen. Beide sind angeblich katzenlieb, aber hier jagen sie mich und Puschi trotz Irmelischkas großem Geplärr. Frieda, inzwischen dreizehn Jahre alt, ist jetzt leider dement. Abgesehen davon, dass sie Irmelischka kratzt oder sogar beißt, wenn ihr nach Gehorsamsverweigerung ist, vergisst sie die alten guten Manieren. Das kommt mir bekannt vor. Mia aus dem Tierheim ist zwar nicht dement, aber auch nicht unbedingt gehorsam. Ich ziehe mich folglich in die hinteren Bücherregale zurück, Puschi verschwindet im Gebüsch. Die Stadtneurotiker sind unsichtbar. Eine Voraussetzung für eine entspannte Geburtstagsfeier ist das nicht. Marnis Nistplatzangebote an die Fled-

---

[31] wie immer

ermaus nehmen bizarre Formen an. Die Tür zum kleinen *al-macen*[32], in dem vom Feuerzeug über Kerzenvorrat bis zu unzähligen Farbtöpfen alles gehortet wird, steht jetzt offen. Aber daran sind nur die Geckos interessiert. Dass sich einer in der Leitung der Klimaanlage verkroch und die Luftzufuhr außer Kraft setzte ist ja noch verständlich, aber in der *casita* können wirklich nicht alle wohnen. Es gibt schöne Verstecke, zum Beispiel im Gasflaschen-Raum und, wie ich weiß, auch im Wohnwagen. Opa Gecko ist bestimmt 30 Jahre alt und wohnt schon ewig hinter dem Schuhregal. Er ist beeindruckend mit seinen tausend Falten und seiner Behändigkeit. An ihm bin ich nicht interessiert. Warum, weiß ich nicht. Wenn sie kopfüber an Glasscheiben auf und ab laufen, ist das faszinierend. Sie sind zwar nachtaktiv, aber manchmal sonnen sich die scheuen und flinken Tiere am späten Nachmittag oder freuen sich auf die Dämmerung und die damit verbundenen Mahlzeiten. Die Jungen schlüpfen nach circa vierzig Tagen, sie sind bräunlich und faltig, Motten sind ihre Lieblingsspeise und dazu fällt Marni wieder eine entsprechende Geschichte ein:

Zu Jordis Zeiten spielte sich am Abend oft folgendes ab: Jordi saß auf den bequemen Sitzkissen der gemauerten Bänke vor den großen Fenstern in der *sala* der alten Finca, die wie ein riesengroßes Bild wirken, weil sie ohne Fensterrahmen einen Landschaftsaussehnitt zeigen. Vor dem Landschaftsbild stand

---

[32] Schuppen

und steht immer noch eine Lampe. Sobald Jordi am Abend die Lampe anknipste, sammelten sich auf der Außenscheibe hunderte von Motten, angezogen vom Licht. Dann kamen die Geckos. Jordi schaute fasziniert auf die motten-jagenden Geckos und wie eine nach der anderen im Geckomaul verschwand. Man sah sie buchstäblich durch Geckos Rachen im faltigen, hellen Geckobauch verschwinden. Hautnah, nur durch die Scheibe getrennt, waren die Geckos wie unter einer Lupe zu beobachten. Jordi verbrachte Stunden bei dem Schauspiel und hätte den Geckos am liebsten Namen gegeben. Er kannte sie alle, den dicken Opa-Gecko durfte er sozusagen durch die Scheibe am Bauch kitzeln. Der sah wohl in dem Menschenfinger lediglich einen beweglichen Hintergrund zu seiner köstlichen Abendmahlzeit. Da die alte Finca-Holzdecke viele Risse hat, gibt es natürlich unendlich viele Verstecke. Ein schlanker Enkel von Opa Gecko wohnt hinter Marnis Lieblingsbild „Liebesbrief" von Tamara. Hin und wieder begrüße ich ihn. Dass er dort seinen Dauerwohnsitz hatte, sah ich an den Hinterlassenschaften. Alle Gäste sind von den Mitbewohnern unterrichtet, tolerieren sie nicht nur, sondern erkennen auch ihre Nützlichkeit an. Spinnen gibt es nicht im Haus. Leider gehören Moskitos nicht zu Geckos Leckerbissen. Ich käme nicht auf den Gedanken, Geckos zu verspeisen. Zu schrumpelig. Bei Eidechsen, das gebe ich zu, halte ich mich oft nicht zurück, obgleich mir Marni immer wieder erklärt, dass sie die Verursacher der Würmer sind. Ich kann einfach nicht widerstehen, wenn sie herum huschen. Vor allem verblüfft es mich, wie sie mir ihren zappelnden Schwanz hinterlassen und sich selbst in Sicherheit bringen. Natürlich falle ich immer wieder auf diesen Trick herein. Nachsichtig äußert Marni dann hin und wieder: „Du bist eben ein Jäger. Immerhin konntest du so überleben." Fehlt nur noch dass sie sagt: „Ich verzeihe dir. " Ich fürchte, manchmal denkt sie immer noch in der Absolutions-Manier ihrer Kindheit. Sünden werden verziehen, nachdem man sie gebeichtet hat. Ich beichte zwar nicht, aber sie liest in mir wie in einem aufgeschlagenen Buch. Genau das, was sie früher bei sich nicht leiden konnte. Niemand sollte in ihr wie in einem aufgeschlagenen Buch lesen, es sei denn sie schlägt es auf. Aus der Not eine Tugend machen, hätte Oma das genannt. Apropos Tugend. Ich will mich ja nicht brüsten, aber eine Tugend habe ich, die sie nicht hat: Ich bin nicht nachtragend. Ich hätte zum Beispiel ärgerlich sein können, weil sie mich nachts aus ihrem Bett verbannt hat, da sie annahm, die Flöhe würden nach der Behandlung mit dem Flohmittel das Weite beziehungsweise eine andere Bleibe suchen. Sie setzte mich einfach im Badewannen-Bücher-Zimmer ab und schloss die Tür zum Inneren der *casita* ab. Eine Zeit lang bearbeitete ich die Tür mit meinen Krallen, aber sie blieb unnachgiebig, was selten vorkommt. Wie gesagt, ich bin nicht nachtragend und habe ihr das verziehen. Das Telefon bimmelt ununterbrochen. Ihr scheint das zu gefallen. Geburtstagsfeier-Gespräche. Mir soll's recht sein, Hauptsache keine vierbeinigen angeblichen Katzenliebhaber stehen auf der Matte. Schuldbewusst meint sie, sie habe weder Leckerlis noch Sekt in der *casita*.

Der Geburtstag meiner Marni war ein wunderschöner Tag. Seit langem habe ich sie nicht mehr so froh gesehen. Während des Tages bimmelte ununterbrochen das Telefon und am Abend hatte Irmelischka, die ihre Geburtstagsfeier-Unfreudigkeit kennt, sie zum Essen eingeladen. Ein so wunderbarer Abend, schwärmte sie noch in der Nacht, als sie zurückkam. Obgleich es auch traurig war, denn Frieda, Irmelischkas alte, geliebte Hündin, war am Nachmittag verschwunden. Sie hat sich ein Sterbeplatz-Versteck gesucht, habe Irmelischka gemeint. Und dann erzählte sie mir noch folgendes: Am Tag davor hatte sie von ihrer lieben, alten Freundin „Süßerle" (so nennen sie sich gegenseitig seit ihrer gemeinsamen Zeit in London) eine Mail erhalten – Süßerle mailt so alles, was sie mailenswert findet – „Letter to God:

Our fourteen year old dog Albey died last month. The day after she passed away my four-year old daughter Meredith was crying and talking about how much she missed Albey. She asked if we could write a letter to God so that when Albey got to heaven God would recognise her. I told her that I thought that we could, so she dictated these words: Dear God, will you please take care of my dog? Albey died yesterday and is with you in heaven. I miss her very much. I'm happy that you let me have her as my dog even though she got sick. I hope you will play with her. She likes to swim and play with balls. I'm sending a picture of her so when you see her you will know that she is my dog, I really miss her.

Love Meredith

We put our return address on it.

Meredith pasted several stamps on the front of the envelope because she said it would take lots of stamps to get the letter all the way to heaven. That afternoon she dropped it into the letter box at the post office.

A few days later she asked if God had gotten the letter yet.

I told her that I thought he had. Yesterday there was a package wrapped in gold paper on our front porch addressed „To Meredith" in an unfamiliar hand. Meredith opened it. Inside was a book by Mr. Roger called 'When a Pet Dies'. Taped to the inside front cover was the letter she had written to God in its opened envelope. On the opposite page was the picture of Albey and Meredith and this note:

Dear Meredith,

Albey arrived safely in heaven. Having the picture was a big help and I recognised her right away. Albey isn't sick any more. Her spirit is here with me just like it stays in your heart. Albey loved being your dog. Since we don't need our bodies in heaven, I don't have any pockets to keep your picture in, so I'm sending it back to you in this little book for you to keep and have something to remember Albey by. Thank you for the beautiful letter and thank your mother for helping you write it and sending it to me. What a wonderful mother you have. I picked her especially for you. I send my blessing every day, and remember that I love you very much.

By the way, I'm easy to find. I'm wherever there is love.

Love

God

Zur Feier des Tages habe ich Marni in den Schlaf geschnurrt. Das gelingt mir besonders gut, wenn ich mich bei ihr zwischen Po und angewinkelten Beinen auf meiner Schlafdecke darüber eingekuschelt habe. Ich musste auch gar nicht so lange schnurren, denn schon bald hörte ich sie schnarchen. Ein schöner Geburtstag ging gemütlich zu Ende.

Irmelischka hat Frieda wiedergefunden. Sie hatte wohl auf dem ihr bekannten Weg zum Meer vergessen, wie sie wieder nach Hause kommen sollte und sich in der Nähe der großen Palme auf dem Weg zurück niedergelassen.

Auf Irmelischkas lange und laute Rufe hatte sie nicht geantwortet. Irmelischka trug sie dann in einem ihrer langen

Schals, die sie meistens trägt, nach Hause. Nun soll Frieda, wohl ein letztes Mal, in zwei Wochen mit nach Deutschland. Marni ist immer ganz furchtbar traurig, wenn sie Frieda sieht. Sie kennt sich ein wenig aus mit Demenz, weil sie das Glück hatte, in den letzten Wochen ihren alten dementen Vater begleiten zu dürfen, der, wie sie mir immer wieder einmal erzählt, zwischendurch ganz lichte Momente hatte. Weil sie sah, dass er nicht mehr lange leben würde, fragte sie ihn einmal: „Babba, möchtest du denn gerne einmal mit dem Pastor reden?" Sie wusste, er war nie *muy católico* gewesen, hatte aber immer in der Familie und der katholischen Tradition von der Taufe bis zur letzten Ölung seiner Lieben gelebt. Da sagte er: „Jo, schaare kann it jo nit". Der Pastor kam und war auch sehr nachsichtig mit ihr, seiner ehemaligen Lieblingsschülerin, die einmal ins Kloster gehen wollte. Natürlich kam die Frage: „Und wie hälst du es mit der Religion?" Die Antwort: „Wenn die erste Frau als Pastorin auf der Kanzel steht, bin ich wieder eine Katholikin." Sie setzten das Gespräch nicht fort, erzählte sie.

Natürlich könnte Marni alles, was sie mir erzählt auch dem Tagebuch anvertrauen. Tut sie auch – teilweise. Mit mir bespricht sie auch das, was sie nicht einmal mit ihrer liebsten Freundin Tamara besprechen kann, weil die zur Zeit ganz große Sorgen hat und eventuell noch einmal eine komplizierte Operation vor sich hat und all ihre Lebensenergie braucht, um das zu schaffen, was sie schafft: die nächste große Ausstellung, wenn sie zu den Auserwählten beim Gabriele-Münter-Preis gehören wird. Gerade hat Marni wieder einmal reimen müssen „Getrennt verbunden", und weil sie weiß, dass Tamara, genau wie sie selbst, sich zu den eigensinnigen Frauen zählt, hat sie ihr bei Sophia „Eigensinnige Frauen" bestellt, zu denen vor allem auch Frieda Kahlo zählt, deren Bilder sowohl von Tamara als auch von ihr schon immer bewundert wurden. „… ich male mich, weil ich sehr viel Zeit alleine verbringe und weil ich das Motiv bin, das ich am besten kenne…" zitiert sie Frida Kahlo. Daraus ist Kunst zu machen, sagt Marni dann zufrieden. Die Lebensenergie und Ausstrahlung einer Frida Kahlo hätte Tamara auch, meint sie dann und tippt ausnahmsweise einmal sofort das Gedicht ab, um es mit den „Eigensinnigen Frauen" zur Post zu bringen. Dann backt sie - *que sorpresa!*[33] - einen Apfelkuchen nach dem Rezept, das ihr Petra aus dem „LitZi" bei dem gemütlichen Geburtstagsessen bei Irmelischka verraten hat. Barry, Irmelischkas Lebenspartner, hat morgen Geburtstag und wünscht sich einen solchen Kuchen. „Alter macht bescheiden", kichert sie und breitet den Blätterteig über den angeschmorten Äpfeln aus. Auch ich mache mir nichts aus Kuchen, aber ich weiß, Jordi hätte den Back-Duft genossen.

---

[33] welche Überraschung!

Getrennt - miteinander

Immer noch träume ich davon

Getrennt mit dir verbunden zu sein

Auf der Finca zu leben in einer Kombination

Von miteinander in einem individuellen Atelier-Heim

In Reichweite entfernt

Um zu jeder Zeit

Das auszutauschen was jeder lernt

Allein oder zu zweit

Es umzusetzen – du in deinen Bildern

Ich in all den Reimen

Die nichts anderes schildern

Als Freud, Leid und die Wahrnehmung keinen

Tag zu verbringen ohne die Gewissheit:

Wir sind nicht allein

Wir leben mit dem Geschenk, zu jeder Zeit

getrennt miteinander verbunden zu sein.

Die Selbstverständlichkeit, mit der Sin-Rabo inzwischen durch die *casita* geht, verblüfft mich schon. Die Katzenklappe scheint er jedoch noch nicht zu benutzen. Er verlässt das BB-Zimmer nur durch die geöffnete Terrassentür. Puschel gibt er im Vorbeigehen einen Nasenstupser. Es ist offensichtlich: Er gehört jetzt dazu. Dass Marni ihn im Sommer an Frederike verleiht, halte ich nicht für wahrscheinlich.

Ausgelöst durch die neue Bestückung mit Käsewürfeln in der Lebendfalle fiel ihr wieder die Hugo-Geschichte ein. Die müsse sie mir unbedingt erzählen. Ich kannte sie zwar schon, aber wenn ich sehe, wie Marni zufrieden schaut beim Geschichtenerzählen, sind mir auch Wiederholungen recht.Außerdem sind sie meistens nicht mehr unbedingt so, wie beim ersten Mal – genau wie mit den Erinnerungen beziehungsweise den Autobiographien, grinst Marni, sie passen sich den jeweiligen Lebens-Betrachtungs-Phasen an.

Die Geschichte von Hugo

Buri und Felino, unsere beiden Hunde, wurden immer auf der Terrasse gefüttert. Der Geruch von gutem Futter zog eine Ratte an. Sie war ein großes und schönes Tier, hatte aber nur ein Auge. Jordi nannte sie Hugo. Bald stellte er Hugo ein extra Schüsselchen hin. Hugo schätzte das sehr, und schon bald brachte er, wie Jordi zu sagen pflegte, die ganze buckelige Verwandtschaft mit. Ratten sind Rudeltiere. Wir wussten so gut wie nichts über ihr Verhalten, auch nicht, dass sie – neben Katzen – zu den sich am häufigsten putzenden Tieren gehören. So konnte es nicht weitergehen. Wir kauften eine Lebend-Falle in die wir Weißbrot und Käse legten. Ratten sind intelligente Tiere. Doch weil nun nichts mehr zum Fressen dastand – Buri und Felino wurden drinnen gefüttert – muss der Geruch aus der Lebend-Falle doch sehr verlockend gewesen sein. Eines Tages war Hugo in die Falle gegangen. Jordi fuhr auf dem Wald-*camino* eine ganze Strecke und ließ Hugo frei. Die übrigen Ratten-Familienmitglieder hatten sich zurückgezogen, und der Napf von Buri und Felino stand wieder auf der Terrasse bis eines Tages Hugo wieder da war – leicht zu erkennen, weil er einäugig war. Ein zweites Mal ging er nicht in die Falle. Zum Glück trug der *algarrobo*-Baum bald Früchte und *algarrobas* (Johannisbrot) gehören zur Lieblingsspeise von Ratten. Später hat uns Hugo nicht mehr mit seinem Besuch beehrt.

*

Ein erfreulicher Tag für Marni. Sie hatte massenhaft Bodendecker eingekauft und ich half ihr beim Einpflanzen durch meine Anwesenheit und indem ich mich ganz nahe an den Pfeifenputzer lehnte. Der Pfeifenputzer, Callistemon citrinus, kann bis zu drei Meter hoch werden. Immergrün ist er. Die zerriebenen Blätter duften leicht nach Zitrone. Er blüht vom Frühling bis zum Sommer, oft bis in den Herbst. Die Bestäubung wird von Vögeln übernommen. Jordi liebte den Pfeifenputzer, vermutlich deshalb weil er als passionierter Pfeifenraucher selbst einer war. Marni hatte den Callistemon citrinus für den Platz gekauft, an dem sie und Jordis Freunde nach seinem Tod seine Asche verstreut hatten. Damals hatte sie einen schönen Rosenstock gepflanzt. Aber Rosen brauchen intensive und regelmäßige Aufmerksamkeit und Bewässerung. Wie sollte sie das bei 40 Grad im Sommer und einem Haus voller Urlauber schaffen?

Na ja und mit der Regelmäßigkeit hat sie so ihre Probleme. Jedenfalls sah der Rosenstock immer kümmerlicher aus. Sie grub ihn aus und pflanzte ihn vor die *casita*. An seiner Stelle pflanzte sie heute den Pfeifenputzer, Jordi würde er sehr gefallen. Mir gefällt er auch. Zum Glück waren die Urlauber den ganzen Tag aushäusig. So konnte sie ein richtig tiefes Loch graben und reichlich wässern. Anschließend gab es noch ein Osterei. Darauf hatte ich keinen Appetit, folglich wurde es von Sin-Rabo verspeist. Puschel teilte es sich mit ihm.

Marni gönnte sich einen Piccolo nach getaner Arbeit. Am liebsten würde sie schon wieder reimen – sie sitzt in der Schreibecke. Aber was reimt sich schon auf Pfeifenputzer? Ich finde, es ist Zeit für eine Siesta. Und richtig, sie stellt die Liege in den Schatten auf dem Dreschplatz, Wie gesagt, ein gelungener Tag.

*

Wieder einmal ein Rückfall, sagt Marni. Ich weiß schon, was sie meint: Sie musste reimen. Sie hat dann diesen träumerischen Fernblick und sitzt in der Schreibecke, am liebsten nicht weit von mir entfernt, das heißt in Schnurrnähe. Dann schreibt es sich ganz von allein, sagt sie. Darauf bin ich ziemlich stolz, ihre Schreibmuse zu sein. Wer wünscht sich das nicht? Mein pures Dasein inspiriert sie. Männer nennen das Muse. Von männlichen Musen scheint wenig bekannt zu sein. Und wenn es sie denn gibt, haben sie leider auch weniger positive Bezeichnungen. Einen Gigolo eine männliche Muse zu nennen, geht gar nicht , obgleich … Wie auch immer, Musen inspirieren und – *ojalá* – spielt das Geschlecht nicht die Hauptrolle. Bevor ich länger über dieses heikle Thema nachdenke oder 'instinktiere' (von Instinkt scheint es ja kein Verb zu geben), wende ich mich lieber wieder Alltagsfreuden zu. Darüber zu 'instinktieren' würde jetzt zu weit führen. Aber ich komme darauf zurück, mit Sicherheit.

*

Heute ist ein trübsinniger Tag, der Todestag von Jordi. Sie wüsste noch nicht, ob sie zum Pfeifenputzerplatz gehen würde, sagt Marni. Es regnet in Strömen. Gut für den frisch gepflanzten Pfeifenputzer. Ich kuschele mich zu ihren Füßen in der Schreibecke ein und schnurre tröstend. Das mag sie am liebsten – Stille, Schnurren und hoffentlich Lesen oder ein wenig Tagebuch schreiben. Gerade sagt sie mir einen Satz, den sie gestern irgendwo aufgeschnappt hat: „Ich muss mir von mir selbst nicht alles gefallen lassen". Sie meint, er sei von Victor Frankl. Den hat sie gerade für sich entdeckt, *Der Mensch vor der Frage nach dem Sinn,* und gleich bei Sophia bestellt. Kein Buch für den „LitZi", aber auf Karen Duve hätte sie gerne verzichten können, sagt sie. Für Marni sind Lesen und Schreiben Anti-Verzweiflungs-Maßnahmen. Ich höre mir alles an, auch wenn ich nichts davon begreife. Besser als „nichts anzuhören und angeblich alles zu begreifen", grinst sie.

Das Telefon bimmelt zwar nicht so oft wie an ihrem Geburtstag, aber es bimmelt. Es sind die auch nach sieben Jahren noch an Jordis Todestag Denkenden, in alter Zuverlässigkeit, zum Beispiel Telse, seine buddhistische Freundin. „Die Trauer um einen Menschen, den wir geliebt und verloren haben, lässt ihn weiterleben", sagt sie. Auch das scheint ein Zitat von Victor Frankl zu sein. Und das erste Mal für heute schaut sie ganz fröhlich. „Ich vergesse zwar den Wasserhahn zu schließen, der die obere Zisterne füllt, aber nicht so leicht ein gutes Zitat", und dann stürzt sie in Richtung Wasserhahn. Mit dem menschlichen Gedächtnis scheint es wie mit der Erinnerung zu sein: nur Erfreuliches oder Witziges scheint sich gut speichern zu lassen. Für das Unwichtige gibt es schließlich Merkzettel.

Und dann greift sie wieder einmal in ihre Speicher-Schatztruhe. Anlässlich des besonderen Tages zieht sie natürlich eine Jordi-Geschichte hervor, eine längere, sagt sie und ich schließe schon mal genüsslich die Augen. Vielleicht schlafe ich auch dabei ein, aber das weiß sie – *ojalá* – nicht.

*

Jordi hatte sich während seiner Ausbildung zum Facharzt an der Uni-Klinik den Ruf erworben, sich um ausländische Patienten besonders zu kümmern. Es schien mit seiner Erfahrung in seiner Kindheit in einem dänischen Flüchtlingslager zusammenzuhängen. Nach der Flucht seiner Mutter mit ihm und seiner kleinen Schwester – sie hatten die Graf Gustloff verpasst – landeten sie auf einem der letzten überfüllten Flüchtlingsschiffe und in einem dänischen Auffanglager. Aus dieser Zeit gibt es viele Geschichten. Weil er dünn und behände war, konnte er unter dem Stacheldrahtzaun hindurch schlüpfen und klaute, was zu klauen war. Die geklauten Rüben oder Kartoffeln wurden in Scheiben geschnitten und mit Spucke auf die jedem zugeteilte Ecke auf der Herdplatte geklebt. Das war eine seiner Geschichten. In der Klinik wurde er in besonders schwierigen Fällen häufig als Vermittler, beziehungsweise Übersetzer eingesetzt. Mit seinem Chef in der Onkologie, der Türke war, hatte er ein besonders gutes Verhältnis: Jordi sprach zwar kein Türkisch, aber er verstand die „Hilflosen-Sprache" aus dem dänischen Auffanglager. Einmal – noch bevor er sich für das Brasilienabenteuer beurlauben ließ – begleitete er einen Todkranken türkischen Patienten, der sich nichts sehnlicher gewünscht hatte, als in seiner Heimat zu sterben, im Flieger nach Ankara. Sein Chef hatte für den Flug sowohl des Patienten als auch seines Begleiters gesammelt und beauftragte Jordi mit der ungewöhnlichen Sterbebegleitung. Obgleich er nur wenige Stunden in der türkischen Familie verbrachte, die ihn mit all der Liebe überschüttete, die sie vor allem für den todkranken Vater hatten, war es über seine Facharztausbildung hinaus ein prägendes Erlebnis, das sicher mit verantwortlich für den Wunsch war, noch einmal in einem Land zu leben, dessen Bewohner Gefühle intensiver zeigen konnten als seine eigenen Landsleute.

„Vielleicht pflücke ich heute einen Geschichten-Strauß und hefte ihn an den Pfeifenputzer", sagt Marni gerade. „Das würde dir gefallen, Jordi, denn natürlich suche ich anlässlich deines siebten Todestags nur die sieben schönsten aus."

1) Jordi liebte Gabardine-Mäntel

Er war schwarz und stand ihm gut. Seine breiten Schultern waren in dem Gabardine-Mantel besonders sichtbar. Schwarz war seine Lieblingsfarbe. Er hatte sich von einem Freund einen nagelneuen VW geliehen und hatte die über sechshundert Kilometer in weniger als fünf Stunden zurückgelegt, um mich zu besuchen. Das Auto sah nach Totalschaden aus. Er sei auf einen Ölstreifen gekommen und habe sich überschlagen. „Kein Kratzer weder an mir noch an Margaret", verkündete er strahlend. Er habe Margaret kurz vor dem Unfall gebeten, sich auf den Rücksitz zu setzen, erzählte er nachdenklich. Die Beifahrertür war total eingedrückt. Ah ja, doch, Margarets Strümpfe hatten eine Laufmasche. Margaret, seine Kommilitonin, die er mitnahm, hatte sich am Benzingeld beteiligt, weil sie Freunde besuchen wollte, die in der Stadt lebten, in der ich arbeitete. Ich schaute diesen Mann an, in den ich mich vor kurzem verliebt hatte und dachte: Mit dem erlebst du dein blaues Wunder. Ich hatte meinen ersten Job bei Amerikanern. Mein Englisch war miserabel. Um einen Unfallbericht für meinen amerikanischen Captain-Boss zu tippen, reichte es gerade.

2) Jordis Unfall bzw. „Dä hergelaafene Student"

Nachdem Jordi mich mit einem völlig verbeulten Auto besucht hatte, musste ich eine Entscheidung treffen. „Wat willste dann mit dem härgelaafene Student", war Omas Kommentar. Der erste Verlobte war ein gestandener Architekt aus einer anständigen Familie. Mit ihm wäre ein angenehmes Leben auf dem Lande vorprogrammiert gewesen, obgleich er zu Omas Leidwesen evangelisch war. Aber der „Härgelaafene" hatte es mir angetan. Und weil er so gut zuhören konnte – von Omas Redeschwall verstand er nur seinen Namen, gestand er mir später – hatte Oma ihn bald ins Herz geschlossen. Die Mischehe-Diskussion beschränkte sich auf den langen Meinungsaustausch zwischen Omas Nachbar-Freundin, leidgeprüft, da der Sohn misch-geehelicht hatte. Aber „dä aus der Stadt" hatte eine ziemlich liebenswürdige Mutter, wie sich bald herausstellte. Der Vater hatte inzwischen erkannt, dass das Landmädchen den Sohn offenbar nicht vom Studium abhielt. Er war Postbeamter und stolz auf den ersten in der Familie, der studierte.Von den vielen Geschichten, die später anlässlich von Familienzusammen-künften erzählt wurden, gefiel Oma eine besonders gut: Nach der mit guten Noten bestandenen Aufnahmeprüfung zum Gymnasium und der ersten Stunde in der Klasse wurde nach den Berufen des Vaters gefragt. Natürlich. Als Jordi an die Reihe kam, schwitzte er furchtbar und hatte keine Ahnung, wie er die Tätigkeit seines Vaters als Postbeamter beschreiben sollte. Aber er musste. Und so wiederholte er das, was Vattern zuhause beschrieb: Er sei „an den Beutel" gestellt, was soviel hieß wie Briefe sortieren. Das Gelächter der Klasse habe noch jahrelang in seinem Kopf nachgehallt, erklärte er, und ich konnte sehen, wie Oma ihn aufnahm in den Klub ihrer Lieben.

3) Karl der Große - genannt Kalle

Meine Eltern hatten den „Härgelaafene" inzwischen auch ins Herz geschlossen. Jetzt müsste ich seine Eltern kennenlernen, meinte der. Und ich sah, er hatte nicht die geringste Lust dazu, denn er kannte seinen Vater. Mutti – wie konnte man seine Mutter Mutti nennen? – wird dich mögen, aber Vati Kalle – so hieß er in der Familie – na ja … Also fuhren wir zum Antrittsbesuch, Mutti war Liebe auf den ersten Blick. Eine warmherzige, große Frau mit noch größerem Herzen. Ihre Augen strahlten Zuneigung aus. Sie war eine, wie meine Patentante Gagga sagen würde, gepflegte Erscheinung. Sie nahm mich in die Arme und der Pakt war geschlossen. Aber da war ja noch Karl der Große, der eher klein war, und der hatte sich für seinen Sohn, der erste, der in der Familie jemals studierte, kein Bauernmädchen als Frau vorgestellt. Über seinen Ordnungssinn kursierten viele Geschichten. In dem Beamtenhaus, in dem sie wohnten, gab es zum Beispiel einen wöchentlichen Treppenputzplan. Die Treppen wurden nicht nur geputzt, sie wurden gebohnert! Wie diese gebohnerten Treppen jahrelang unfallfrei erklommen wurden, war mir rätselhaft. Jordi erzählte, dass er früher, bevor er die Wohnung betrat, mit dem Taschentuch die Schuhe polierte, auch den Zwischenraum zwischen Sohle und Absatz. Eines Tages muss es wegen nicht ausreichendem Schuhe-Polieren eine Auseinandersetzung gegeben haben, die in Schlägen seitens Karl dem Großen endete. Daraufhin nahm der Sohn – inzwischen einen Kopf größer als Karl der Große – Vati am Schlafittchen, hielt ihn aus dem Fenster (die Wohnung lag im vierten Stock) und sagte: „Solltest du mich noch einmal schlagen, lasse ich dich das nächste Mal fallen! Karl der Große vergriff sich danach nie mehr an seinem Sohn. Meine Eltern kannten diese Geschichten nicht. Ich war in einer Familie aufgewachsen, in der schon Oma ihre Töchter in der Überzeugung erzogen hatte: „Wer nit härt vom Saan, dä härt ach nit vom Schlaan". Karl der Große konnte charmant sein. Mein Vater nahm ihn mit offenen Armen auf. Mama war skeptischer. Und Oma schaute kritisch über den Brillenrand. Mutti schlossen alle sofort ins Herz.

4) Jordis Doktorarbeit

An Jordis Ehrgeiz – inzwischen waren wir verheiratet – hatte ich mich gewöhnt. Nächtelang saß er an seiner Doktorarbeit mit Boxer Tuljan zu seinen Füßen. Die Misere, das

Physikum nicht mit der Bestnote bestanden zu haben, hatte er überwunden. Inzwischen lebten wir in einer Wohngemeinschaft mit der Devise „Weg mit dem Muff von tausend Jahren unter den Talaren". Aber immer noch waren sie zuständig für die Noten, die unter den Talaren. Er büffelte, machte sich lustig, aber büffelte. Schließlich war es geschafft: Summa cum laude. „In Dankbarkeit Tuljan gewidmet", stand fett vor dem Titel. „Wer ist denn Tuljan", wollte der Doktorvater wissen. „Mein Hund" antwortete Jordi.

5) An Jordis Inseltick hatte ich mich gewöhnt. Mein Heimatdorf war für ihn so etwas Ähnliches wie eine Insel, Freunde und Nachbarn hatten ihn bald ins Herz geschlossen. Oma hatte als erste seine Bereitschaft, ausdauernd zuzuhören erkannt. Dass er bereitwillig am Sonntag mit ins Hochamt ging, schätzte sie besonders. Ich erzählte ihr niemals, dass wir uns die Zeit auf der Burg neben der Kirche vertrieben und pünktlich zum Mittagessen wieder zu Hause waren.

6) Else, bei der Jordi als Untermieter wohnte

Else war eine gestandene Frau. Sie hatte ein Haus, zwei wilde kleine Kinder und einen behäbigen Ehemann. Sie hatte schöne Augen, kurze braune Haare, ein breitflächiges, freundliches Gesicht, schöne Beine und war ungefähr doppelt so alt wie ich. Immer stand eine Tasse Kaffee auf dem Tisch, wenn ich Jordi besuchte in seinem möblierten Zimmer, und bald gehörte auch ich zur Familie. Die Kinder nervten mich. Sie nahmen Jordi in Beschlag. Er ging souverän mit ihnen um, und erstaunlicherweise machten sie oft das, worum er sie bat. Dafür gab es kleine Belohnungen, ein Fußballspielchen im Hof, einen gemeinsamen Gassigang mit Flop, dem Haushund. Jordi war offensichtlich ein Familienmitglied. Oskar, das stämmige, gutmütige Familienoberhaupt – in Wirklichkeit war das Else – behandelte Jordi wie seinen jüngeren Bruder. Ich fühlte mich bald wohl in dem lauten Dorfhaus. Es erinnerte ein wenig an daheim. Wenn Jordi danach war – und es war ihm oft danach – zogen wir uns in seine winzige Studentenbude zurück. Er hatte ein Schild gemalt: Auf der einen Seite war ein Schreibtisch voller Bücher, auf der anderen ein Fußballfeld. Die Kinder würden nur kommen, wenn Fußball angezeigt sei, behauptete er. Niemals wäre ich auf den Gedanken gekommen, dass die gute Hausfrau und Mutter auch noch andere Qualitäten hatte. Meine Naivität grenzte an Dämlichkeit. Auch die von Oskar.

Als wir aus unserem ersten gemeinsamen Jugoslawien-Urlaub zurückkamen, bat Jordi mich, den Verlobungsring nicht mehr zu tragen. Er habe es noch nicht seinen Eltern gesagt. „Die sehen das in Hamburg doch nicht", meinte ich und weigerte mich. Else blieb unverändert freundlich, wenn ich Jordi nach unserem Verlobungs-Urlaub besuchte.

Es sind nur sechs Geschichten geworden (Sex war immer sehr wichtig!), die am Pfeifenputzer flattern. Die siebte ist zu traurig. Sie handelt von dem Tag an dem Marni Jordis Asche in einer schweren Terracotta-Urne abholte und durch halb Ibiza trug, weil sie keinen Parkplatz gefunden hatte. Vielleicht wird später einmal eine Geschichte des letzten schweren Gangs daraus, der deswegen weniger schwer war, weil er in Jordis Begleitung als Asche stattfand. Marni trug ihn zum privaten Natur-Friedhof.

Da fällt ihr doch noch eine siebte ein.

Semesterarbeit

In den Semesterferien arbeitete Jordi auf dem Bau. Er hatte sich in den Kopf gesetzt, ein kleines Auto zu kaufen. Natürlich schaffte er das. Wenn er nach Hause kam, sah er abenteuerlich aus. Er trug Sandalen, auf dem Bau. Am Abend musste er erst den Zement von den Füßen kratzen. Meine Zimmerwirtin hatte ihn ebenfalls ins Herz geschlossen. Er versorgte sie mit medizinischen Ratschlägen und hörte sich geduldigst all die Wehwehchen an. Dafür durfte er dann die Zementrückstände in der Badewanne aufweichen. Über die Gefahr, als Kupplerin angezeigt zu werden, weil Jordi während der Woche nach der Arbeit bei mir übernachtete, machte sie sich lustig. Sie war selbst Mieterin und die Hauseigentümer schienen ziemlich moralisch zu sein, hatten allerdings eine bildhübsche Tochter, die Kolibri genannt wurde und in „wilder Ehe" – so nannte man das in dieser Zeit – lebte. Alle unsere Freunde lebten in wilden Ehen und nicht alle hatten so tolerante Vermieterinnen.

*

In Marnis Familie wurde nicht nur nicht gelobt, besonders verpönt war Eigenlob. Oma, die für ihre deftigen Formulierungen bekannt war, pflegte zu sagen, Eigenlob stinkt. Ich will mich ja nicht loben, aber die Kunst des Schnurrens beherrsche ich. Sobald ich wahrnehme, dass Marni sich in die Schreibecke verkriecht, das Telefon abstellt und mit diesem traurigen Blick ins Tal schaut, bin ich zur Stelle. Schon beim Hochspringen beginne ich lautstark zu schnurren, und ich kann sehen, wie mein Schnurren ein Lächeln hervorzaubert. Manchmal muss sie mich nur anschauen und beim Namen nennen und schon lege ich los. Sin-Rabo ist *muy hablador*[34] – miaut in den unterschiedlichsten Höhen und Tiefen, ich miaue höchst selten, aber schnurren, das kann ich. Marni weiß natürlich, dass wir Katzen

---

[34] sehr gesprächig

nicht nur aus Wohlbefinden, zum Trost, aus Vergnügen und dergleichen schnurren, sondern auch dann, wenn wir zum Beispiel Angst oder Schmerzen haben. Schnurren ist das wunderbarste Beruhigungsmittel der Welt, aber auch eine Begabung, eben eine Kunst. Ich habe sie früh geübt als Straßenkind, wenn ich allein und hungrig war. Noch heute kann ich mich in schwierigen Situationen durch Schnurren selbst beruhigen.

Marni nennt das Katzenmeditation: Om-mani-padme-hum-Schnurren. Sie würde für ihr Leben gern schnurren können. Die lautmalerischste Kommunikationsart ist natürlich das Miauen. Wir verfügen über zehn Mal mehr Einzellaute als Hunde. Ich bin wie gesagt nicht sehr gesprächig aber *ronronear* – auf Spanisch schnurrt schon das Wort ein wenig – das liegt mir. Seit ich mit Marni zusammenlebe, war ich noch nicht in der Situation, dass ich vor Verzweiflung oder Schmerz schnurren musste – *gracias a diós*. Vielleicht würde ich dann auch eher klagend miauen. Nicht umsonst befällt Menschen manchmal der Katzenjammer. Zwischen ihr und mir ist eine unserer beruhigenden Verständigungen das gegenseitige Zublinzeln. Natürlich weiß sie, dass wir Katzen es nicht lieben, wenn man uns in die Augen starrt. Zwischen uns Katzen ist das ein Zeichen von Aggression. Deshalb wenden wir zur Beschwichtigung bei unliebsamen Begegnungen mit Artgenossen auch unseren Blick ab. Während Marni sich mit mir, meinem Schnurren und ihren Gedanken über mich beschäftigt, muss sie plötzlich Lachen. „Ich weiß jetzt, weshalb du gerne zu Werner auf den Schoß springst, obgleich der kein Katzenfreund ist. Der schaut dir nie in die Augen und du glaubst, das wäre Zuneigung." Mit Fehldeutungen kennt sie sich bestens aus. Dann zitiert sie Tucholsky, der hätte die sogenannte Feindschaft zwischen Hund und Katz auf die Fehlinterpretation der Signale zurückgeführt: Wedelt der Hund mit dem Schwanz, freut er sich, wenn wir mit dem Schwanz wedeln, sind wir angriffslustig. Aber das erwähnte ich schon.

Wenn ich die Augen schließe, erzählt sie weiter, sehe ich wie Jordi auf der oberen Stufe der *casita*-Terrassen-Treppe zu sitzen pflegte. Er brauchte weder Stuhl noch Liege. Vielleicht war diese Genügsamkeit das, was ich am meisten an ihm liebte. Und sein Missverhältnis zu Geld. Geld interessierte ihn wenig.

*

Der Preis der Freiheit: Ich habe wieder Flöhe. Vermutlich hüpfen sie von Sin-Rabo auf mich. Ich hatte in letzter Zeit das, was man einen engen Kontakt nennt. Marni hat mich gerade wieder einmal mit flüssigem Kokosöl eingerieben. Wenn die Flöhe den Geruch ebenso lieben wie ich, was ich vermute, ist das kein Abschreckungsmittel. Ich darf immer noch in Marnis Bett schlafen, allerdings muss ich mich hin und wieder kratzen. Ohne Chemie scheint es kein Floh-Abschreckungsmittel zu geben. Jetzt kann ich auch Puschel besser riechen – dank Kokosöl. Wie ich Marni kenne, übertreibt sie es wieder einmal mit dem Flohmittel, zumal sich's damit auch noch köstlichst braten lässt. Allen Kaztenfans verkündet sie die frohe Botschaft. Aber die wissen das schon. Heute gab es wieder einmal eine dieser schlaflosen Nächte, die sie genießt, weil das Lesevergnügen stärker als der Schlafwunsch ist. Der zerstreute russische Professor Pnin hat es ihr angetan. Immer wieder kichert sie vergnügt und manchmal sagt sie: „Kommt mir bekannt vor, Jordi. Leider gehört Humor nicht zu den Eigenschaften, die man auch als Katz hat. *Que lástima!*[35] Damit scheint Jordi immer wieder den verrutschten Haussegen und vieles andere mehr zurechtgerückt zu haben.

Aus der Außenküche steigt wieder köstlichster Duft. Susi und Steffen kommen heute zu Werner, und Marni präpariert ihren Gemüse-Hühner-Eintopf. Landhühner, wie sie betont. Puschi und mir wurden schon die Haut- und Knochenreste serviert. Der Duft zieht natürlich auch Sin-Rabo an. Ich warte nur darauf, dass sie auch ihn mit Kokosöl behandelt.

Sie sieht heute traurig aus. Das übliche – ein Traum, den sie mir im Moment nicht erzählen will. Wie gut, dass die Wirklichkeit erfreulicher als das Traum-Erlebnis sein kann, sagt sie nur. In meinen Träumen ist es eher umgekehrt: meistens bin

---

[35] wie schade!

ich der erfolgreiche Jäger. Auch ein Eidechsenschwanz ist ein Erfolg. Solange er zappelt könnte ich ihn ja verspeisen, aber Trockenfutter schmeckt besser. Natürlich enthält das auch tierisches Eiweiß. Solange sie nicht Vegetarierin ist, muss ich keine Gewissensbisse haben. Apropos Gewissen. Engel und Tiere hätten keins, sagt Rilke. Wenn Marni mir aus den Duineser Elegien vorliest, fallen mir meistens die Augen zu. Sie scheint fasziniert zu sein. Allerdings scheint auch sie zwischen Rilke, dem Menschen und Rilke, dem Dichter eine tiefe Kluft zu sehen. Vielleicht führt die ja zu Übermüdungserscheinungen, wie Werner meint, bei ihrem Unwillen, den Efeu zu beschneiden: „Man kann doch nicht immer dichten".

Die Stadtneurotiker erkunden die unteren Terrassen. Weil die Tür zu Marnis Studio, unbenutzt seit längerem, immer einen Spalt breit offen steht, haben sie natürlich auch dort alles ausgekundschaftet. Schließlich stehen die Liegestühle während der Winterzeit dort. Ideale Schlafplätze und jede Menge Mäuse, vermutlich auch Geckos. Immer noch gibt es viel Seide aus der Seidenmal-Zeit, dahinter inzwischen Spinnennetze und Gecko-Verstecke. Ganz schön chaotisch, idyllisch, immer noch mit einem Flair von Wieder-Weiter-Machen. Aber das Malen überlässt sie Tamara. Außerdem fürchtet sie die Mühe, die „Kunstwerke" verkaufen zu müssen. Auf der Messe war das noch relativ einfach, von dem ungeheuren Aufwand der Präsentation während der Messetage unter so vielen guten

Kunsthandwerkern einmal abgesehen. Das Schwergewicht lag immer auf Handwerk und wie ich sie kenne wandern ihre Gedanken zurück in eine ziemlich chaotische Zeit des Experimentierens in ihrem Leben. Über Mangel an Chaos könne sie sich auch heute nicht beklagen, höre ich sie sagen und dann verschwindet sie in den Katakomben auf der Suche nach ich weiß nicht was. Die Katakomben sind die unterirdischen Räume rechts und links des Pools, in denen die Gäste all das zurücklassen, was sie nicht mehr in ihre Koffer kriegen beim Heimflug. Ich sollte wirklich endlich einen Flohmarktstand auf dem *mercado* von Cala-Llenya machen, höre ich sie dann murmeln. Ja, das sollte sie.

Einer ihrer Lieblingsautoren ist Carlos Ruiz Zafón. Das hat etwas mit ihrem Enthusiasmus für Barcelona zu tun. Einmal, vor langer Zeit, beschloss sie, einen Intensivkurs für Spanisch in Barcelona zu machen. Sie hatte sich an einer Sprachenschule angemeldet und reiste mit einem riesigen Koffer an (sie wollte ihre Reiseschreibmaschine dabei haben). Die Schule hatte für sie ein Zimmer reserviert, im gotischen Viertel, wie sich herausstellte. Und dann erzählte sie mir eine ihrer liebsten Barcelona-Geschichten:

Als ich mit dem überdimensionalen Koffer ankam in der Schule, gab man mir die Adresse. Nicht sehr weit von hier, sagte die Sekretärin, und ich beschloss zu Fuß zu gehen. Der Koffer hatte Räder. Auf dem Weg durch die immer dunkler werdenden Gassen befragte ich eine Spanierin nach der Adresse. Sichtlich besorgt, beschrieb sie mein zukünftiges Zuhause für vier Wochen. Schließlich stand ich vor einem düsteren Jahrhundertwende-Haus und keiner antwortete auf mein Geklingel. Der Weg zurück zur Schule kam mir doppelt so lang vor. Ich äußerte meine Bedenken, am Abend die dunkle Straße zu nehmen, um zum Beispiel ins Kino zu gehen oder ins Theater. Die Sekretärin hatte Mitleid und telefonierte ein wenig.

Gegenüber der Schule würde eine Freundin wohnen, die zwar in den nächsten Wochen im Ausland sei, aber vielleicht würde sie mir ein Zimmer in ihrer Wohnung überlassen. Eine sympathische junge Frau öffnete, zeigte mir ihre hübsche Wohnung und meinte, ich könnte mir ein Zimmer aussuchen, aber die ganze Wohnung benutzen, denn sie wäre in den nächsten Wochen nicht da und drückte mir die Schlüssel in die Hand. Vier Wochen lang konnte ich jeden Winkel des *Barrio Gótico* erkunden. Eine italienische Stewardess und Mitschülerin, die viel besser spanisch sprach als ich, begleitete mich meistens. Ich vergaß zeitweise meine schöne Insel und wäre am liebsten in Barcelona geblieben. Und das erste Mal traute ich mir zu, Carlos Ruiz Zafón auf Spanisch zu lesen.

Ganz dicht schmiege ich mich an meine Marni. Ich spüre keinen Unterschied zwischen dem Wort Melodie und Melancholie in dem kleinen Abend-Reim:

Die Melodie des Windes lässt Traumgeschichten entstehen

Die Äste des *Sabina*-Baums zeichnen Schatten-Gestalten

Unter der warmen Abendsonne treffen sie sich und verwehen

Auch wenn wir sie als Bild oder Gedicht eine Weile festhalten…

Ich würde mich fast genauso gern in den wenigen Kleidungsstücken im Koffer einkuscheln. Das mach ich später auch, denn Marni hat vor, mit ihren lieben Hamburger Freunden Susi und Steffen auszugehen, obgleich sie lieber weiterlesen würde in dem Buch, das sie ihr mitgebracht haben: *Das geheime Leben der Bäume.* „Wusstest du, dass Bäume Schmerzen empfinden, ein Gedächtnis haben, und dass Baumeltern mit ihren Kindern in Verbindung bleiben?", fragt sie mich. Sie müsste eigentlich wissen, dass ich das weiß, schließlich lebt sie mit mir zusammen und erkennt, dass Sprache nicht unbedingt eine Notwendigkeit ist beim Fühlen. Und mit dem Pfeifenputzer habe ich sie auch schon reden hören.

Das muss ich dir vorlesen, sagt sie:

„Wir besitzen eine geheime Duftsprache[36]. Mittlerweile vier Jahrzehnte alt ist eine Beobachtung aus den Savannen Afrikas. Dort fressen Giraffen an Schirmakazien, was diesen überhaupt nicht gefällt. Um die großen Pflanzenfresser wieder loszuwerden, lagern die Akazien innerhalb von Minuten Giftstoffe in die Blätter ein. Die Giraffen wissen dies und ziehen zu den nächsten Bäumen. Den nächsten? Nein, zunächst lassen sie etliche Exemplare links liegen und beginnen erst nach circa hundert Metern erneut mit der Mahlzeit. Der Grund ist verblüffend: Die befressene Akazie verströmt ein Warngas (in diesem Fall Ethylen) welches den Artgenossen der Umgebung signalisiert, dass hier Unheil naht. Daraufhin lagern alle vorgewarnten Individuen ebenfalls Giftstoffe ein…"

*

Wie die Rebhuhn-Mama ihre dreizehn Kinder über die ersten vierzehn Tage bringen will, in denen sie noch nicht fliegen können, sei ihr ein Rätsel, klagt Marni. Wenn sie den *camino* durch den Pinienwald bis zum Haus von Carmen und Toni fährt, begegnet sie der Rebhuhn-Großfamilie häufiger. Die scheinen in der Nähe zu wohnen. Die Kleinen tapern hinter Mama her. Offenbar gehört der *camino* nicht zu dem Ausflugsziel der Katzen. Auch beim dritten Mal zählte sie noch bis

---

[36] Peter Wohlleben: Das geheime Leben der Bäume, S.14

dreizehn. Mit fünf Wochen sind sie schon selbständig. Mama sieht nicht ganz so hübsch aus wie Papa. Der hat gelb-orange bis rot-braunes Gefieder. Mama ist etwas blasser, und die Kinder sind eher unscheinbar gelb-braun. Sie können schnell rennen.

Im Herbst ballert der Jäger-Nachbar sicher wieder mit seiner Flinte. Daran mag Marni gar nicht denken. Sie denkt lieber an Grimms Märchen. Die sind zwar auch nicht Rebhuhn-frendlicher als der Nachbar aber eben NUR Märchen. Aus Dankbarkeit für den Müllerssohn fängt der gestiefelte Kater zum Beispiel mit einer Falle Rebhühner und bringt sie dem König, ein Geschenk seines Herrn, des Grafen, sagt er. Der König bedankt sich mit Gold. Der Müllerssohn macht sich Vorwürfe, weil er sein letztes Geld für die Stiefel ausgegeben hat, da kommt der Kater und gibt ihm das Gold. Der Kater fängt weiter Rebhühner und macht sich bei Hof beliebt.

Ich habe eben auch berühmte Vorfahren. Im Spanischen gibt es übrigens für das deutsche Märchen-Ende „und wenn sie nicht gestorben sind, dann leben sie noch heute" die Variante, die Marni nicht besonders gefällt: *vivieron felices y comieron perdices* (Sie lebten glücklich und aßen Rebhühner).

Und dann erzählt sie mir etwas, was sie bisher für sich behalten hat – aus verschiedenen Gründen. Den Floh hatte ihr Tamara ins Ohr gesetzt, und der fühlte sich da besonders wohl, weil es in der Nachbarschaft bereits Artgenossen gab, aber das nur nebenbei. Tamaras Mama war Russin. Aus dem Familien-Clan leben viele im Bayrischen Wald. Marni meint, das wäre erwähnenswert, weil die damaligen Flüchtlinge für die heutigen viel Verständnis hätten. Also in einem kleinen Dorf im bayrischen Wald gibt es zwei syrische Flüchtlingsfamilien. Und Tamaras Tante seien vor lauter Freude bei der Beschreibung der Ausländerfreundlichkeit und Hilfsbereitschaft der Dorfbewohner fast die Tränen gekommen. Einer im Dorf hätte einen Fahrradverleih organisiert, und nun würden die Flüchtlinge des kleinen Zeltlagers in der Nachbarschaft kommen und nicht nur Fahrräder leihen, sondern auch beim Reparieren helfen.

„Du hättest doch gerne dankbare Mieter für dein altes Haus im Hunsrück", meinte Tamara. „Hast du schon mal an Flüchtlinge gedacht?" Ja, hatte sie, aber... „Ich weiß", sagte Tamara, „die Nachbarn. Mit denen könntest du doch vorher reden. Schließlich hattest du als bunte Kuh in all den Jahren immer ein gutes Nachbarschaftsverhältnis. Und als du aus dem alten Haus ein Gästehaus machtest, störte es den Bauern, der einen großen Schweinestall daneben hatte, auch nicht."

„Das mit dem Gästehaus funktionierte nicht so gut", meinte sie. Die meisten Gäste waren Holländer und hätten auch gar nichts gegen den Schweinestall gehabt, nur die Fliegenplage, die war lästig, meinten sie im Internet. Nun kennt sie sich mit Internet nicht sehr gut aus, aber dass entsprechende Eintragungen nicht für einen großen Gästezustrom sorgten, war schnell klar. Die holländische Agentur hatte sich große Mühe mit vielen schönen Fotos des alten Hauses gemacht, und alle hätten ihre Haustiere mitbringen dürfen, aber was hilft der schönste nachbarliche Bauernhof, wenn die vielen Schweine eine lästige Fliegenschar um sich versammeln. Die Fliegen wären im Sommer den Flüchtlingen schon zuzumuten, da inzwischen alle Fenster Moskitonetze haben, meinte sie, aber Schweine? Auch wenn man sie als Muslim nicht essen muß? Sie will auf jeden Fall mit den Nachbarn und dem Bürgermeister reden. Wenn sie ihr altes Haus nicht vermieten kann, muss sie es verkaufen – dagegen kämpft sie seit Jahren.

Ich bin zwar nicht gestiefelt aber ich behaupte einmal, dass ich dem Märchenkater intellektuell absolut ebenbürtig bin. Bei aller Bescheidenheit würde ich doch sagen: Ich als Insel-Gescheiter 'El Rojo' gehe in die Insel-Geschichte ein. Was meinst du, Asya? (Asya ist die Enkelin, die die Geschichten ihrer Oma lesen wird). Ich vergaß zu erwähnen, dass es ohne Jordi nicht das Katzen-Paradies „Can Xico" gäbe.

Die Stadtneurotiker sind heute abgereist. Eigentlich schade. Ich hätte mir vorstellen können, mit ihnen Freundschaft zu schließen. Ihre Menschen Freunde meinen, sie kämen alle im Herbst wieder.

*

Was für ein Tag. Marnie ist, wie soll ich sagen, in einem Ausnahmezustand. Ihre liebste Freundin Tamara hat sich zu einer Operation entschlossen, von der sie nicht weiß, ob sie sie überleben wird. Daher hat sie „alles geordnet", ein Testament gemacht, wie sie beerdigt werden möchte, mit wem die Katzen leben werden, sie hat an alles gedacht. Marni hörte sich am Telefon alles an, und dann konnte sie nur noch weinen. Aber sie ist davon überzeugt, dass Tamara die Operation überlebt. Dann hat sie einen langen Meerspaziergang gemacht und nicht mehr geweint. Sie will ihr altes Haus noch nicht verkaufen, weil – typisch Marnie – aus der Scheune noch ein Atelier für Tamara zu machen wäre. Puschel sitzt auf dem Koffer, ich bei ihr in der Schreibecke. Ein arger Tag!

Grau ist die Morgendämmerung. Mir gefällt diese Tageszeit, und manchmal mache ich einen frühen Morgenspaziergang um die *casita* und das alte Haus bis zum Pfeifenputzer. Ich sehe die Blüten an den beiden Pfirsichbäumchen die aus Chica und Erizo wachsen. Auch Marni möchte, dass hier einmal etwas aus ihr wächst. Am liebsten vielleicht Rosmarin, sagt sie, denn Rosmarin braucht kein Wasser außer Regenwasser und würde gut zum Pfeifenputzer passen. Testament-Ideen scheinen ansteckend zu sein. Ich kann mir ein Leben nach ihrem Tod ebenso wenig vorstellen, wie Marni sich ein Leben nach Tamaras Tod vorstellen kann. „Unvorstellbar" wäre ein schöner Titel für ein Gedicht im Morgengrauen. Das sieht Marnie auch so. Aber dann haben die Gedichte doch andere Titel.

Bis wir uns wiedersehen

Es verwandelt das Malen und Dichten

Aus der Dunkelheit gleitet ein Schimmer

Er macht aus Gedanken sinnbildliche Geschichten

Die immer

Dann die Nachtgespenster vertreiben

Wenn Notrufe Beistand erflehen

Und Wünsche in die Farbenpracht deiner Bilder hinein gleiten

Bis wir uns wiedersehen

Die Insel-Bilder sind noch unvollendet

Und haben doch schon ihren Platz gefunden

Von der weißen Finca-Wand sendet

Deine unverwechselbare Farbspielerei ihre Lockrufe – mit
   ihren Vor-Bildern verbunden

Mit der Sommersonne entfalten sie ihre Leuchtstärke

Sie werden einmal wie 'Mythos in blau': Kunstwerke.

Wie Glück

Vorbei an den leuchtenden Rapsfeldern gehe ich

In Gedanken an dich

Mit der Zuversicht wieder gemeinsam zu wandern zwischen
Farben und Licht

Du wirst beides wieder auf die Leinwand bannen

Eine neue Schaffenszeit wird anfangen

„…Es ist wahr was sie sagen

Was kommen muss kommt

Geh dem Leid nicht entgegen

Und ist es da

Sieh ihm still ins Gesicht

Es ist vergänglich, wie Glück… „

(Mascha Kaléko)

Rat

Verlorene Tage nenne ich Tage ohne Stift und Papier

Der heutige wäre fast verloren gegangen

Ich weigerte mich, ihn schreibend in Erinnerung an den
nächtlichen Alptraum anzufangen

Stattdessen wiederholte ich mir

Das wunderbare Victor-Frankl-Zitat

„Man muss sich nicht alles von sich gefallen lassen"

Und befolgte den Rat.

Während Marnis Abwesenheit haben sich offenbar die Flöhe in der *casita* vermehrt. Puschi und ich sind zwar flohfrei, aber Antonia hat wild gesprüht und war ganz entsetzt von all den Flöhen, die sich zwischenzeitlich vermehrt haben. Sie fütterte uns im Badewannen-Bücher-Zimmer und Sin-Rabo speist in der Außenküche.

Jetzt ist Marni wieder da und der Sommer kann beginnen. Immer noch habe sie keine Entscheidung getroffen, was ihr Elternhaus angeht, erzählt sie mir und schaut unglücklich. Außer Tamara würden ihre Freunde nicht verstehen, weshalb sie es nicht hergeben möchte – es wäre doch nur vernünftig. Und genau das scheint der Haken zu sein. Vernunft. Die hatte sie ein Leben lang nicht, musste sich aber darum bemühen, weil Jordi noch vernunftfreier gewesen sei.

„Es gibt Fälle, in denen vernünftig sein feig sein heißt" – Marie von Ebner Eschenbach. Gefällt ihr zur Zeit sehr, weil sie ihrem Patensohn doch „Krambambuli" vorgelesen hat. Mir ist die Geschichte zu traurig.

Sie war zwei Wochen „zu Hause", wie sie ihr Dorf immer noch nennt. Sie hat Gedichte und Träume mitgebracht, die sie mir noch vorlesen will.

Ihr Tagesablauf ist auch in ihrem Elternhaus wie hier auf der Insel. Nur kann sie es mir nicht im einzelnen erzählen. Deshalb schreibt sie mir das Wichtigste auf und wird es mir später vorlesen. „Früh am Morgen lärmen die Spatzen in der Haselnusshecke. Das würde dir gefallen, Rojo."

Die gelben Rapsfelder leuchten und die weißen Windräder-Riesen bewegen sich in der Ferne – das kann sie sehen, wenn sie über die Dächer schaut. Die Hunsrücker murren. Hätten sie lieber Atomkraftwerke? Nein, aber auch keine Windräder, nur ganz viel Elektrizität. Man klagt hier mehr als auf der Insel, sagt sie.

Urlaub von mir selbst

Manchmal mache ich Urlaub von mir selbst

Geistesabwesend nennen das Freunde

Am liebsten bin ich abwesend am Meer

Das Raunen der Stille

Hin und wieder unterbrochen von Möwen-Geschrei

Wenn das vertraute Licht kommt und geht

Dann genieße ich ihn, den Urlaub von mir selbst.

Beschwerden

Reimsucht ist eine Sucht wie jede andere

Mit Hochgefühl während der Ausübung

Dem Wissen, dass sie vorübergeht

Zeitweise ihre Anziehung verliert

Auf sie zu verzichten ruft Entzugserscheinungen hervor
und kann

Nur durch Ersatz-Süchte befriedigt werden

Und so ersetze ich sie – durch Redezwang

Und ertrage geduldig die Beschwerden.

Traum

Beim Aufwachen:

„Ich treffe eine Freundin und die sagt mir: ich kann den Faust auswendig. Soll ich ihn dir servieren? Sie sagt servieren und ich lehne mich zurück und rücke meinen Stuhl in Richtung Meerblick in meiner Lieblings-Bar Sa Trenca an der Cala Martina. Ich sehe nur, wie sie ihre Lippen bewegt und höre kein einziges Wort. Du hörst ja gar nicht zu, sagt sie. Nein meine ich, aber ich sehe Gretchen am Horizont, und sie bringt gerade ihren Verführer um. Das verwechselst du mit der Protagonistin des Romans, den du gerade liest *Das Seelenhaus*.

" Nichts Spannenderes als eine Verwechslung höre ich mich sagen – beim Aufwachen.

*

Sie ist wieder da. Nun sitze ich wieder neben ihr in der Schreibecke und höre mir an, was sie mir alles erzählt. Die Freude, wieder hier zu sein, ist sichtbar. Ich begleite sie bei der kleinsten „Blumen-Begehung" am Morgen, wie sie das nannten als Jordi noch lebte. Mit Puschi habe ich mich während ihrer Abwesenheit ein wenig arrangiert. Wir liegen jetzt manchmal auf einer Decke – im Gästebett. In Marnis Bett darf nur ich. Die Gäste, die zur Zeit da sind, finden Puschi *guapa*. Der dicke Eichhörnchenschwanz entzückt alle Katzenfans. Leider ist sie, wie oft erwähnt, ziemlich dämlich. Die Anti-Floh-Pille habe ich ihr zuliebe geschluckt. Jetzt darf ich auch wieder in ihrem Bett schlafen. Seltsamerweise sitzen die Flöhe vor allem in meinem Fell. Puschi ist sozusagen flohfrei. Dann höre ich mir die Geschichte an, die sie gerne erzählt, wenn sie zum Sonnenuntergang mit Jordi nach Benirras fuhr und alle Moskitos sich auf Jordi niederließen während sie selbst, neben Jordi sitzend, von den Plagegeistern verschont blieb. Woher wissen die Flöhe, dass mein Blut besser schmeckt? Die Anti-Floh-Pille muss ich deshalb schlucken, weil ich, beziehungsweise meine Flöhe, gegen die herkömmlichen Sprays immun sind. Und gegen das Flohhalsband habe ich mich gewehrt. Kommt ja nicht oft vor, dass ich mich gegen ihre Maßnahmen wehre.

Wenn sie zufrieden und ausdauernd in der Schreibecke sitzt, weiß ich: wieder einmal ein Rückfall, sie muß reimen. Mir gefällt alles was sie mir vorliest, selbst Zitate, die sie mehrmals wiederholen muss, weil sie, wie sie sagt, so philosophisch sind. Manchmal kauft sie Bücher, weil ihr das Cover gefällt oder solche, deren Titel sie faszinieren, zum Beispiel gerade: *Die Kunst an nichts zu glauben*, und das auch nur weil sie beim Aufschlagen las:

„...die eigentliche Kunst ist, unsicher zu bleiben, fähig zwei einander widersprechende Ideen gleichzeitig im Kopf zu haben: das Wissen um die Vergeblichkeit jeder Anstrengung und den Glauben an die Notwendigkeit des Aufbegehrens" (VIII. 2). Das reichte, um Raoul Schrott lesen zu wollen. Die Frage „Bin ich gierig, wenn ich alles vom Leben will" hätte auch schon gereicht.

Sie vermutet, dass ihre Enkelkinder, sollten sie einmal ihre Memoiren lesen, viele Seiten überschlagen werden.

Gerade fallen mir die Augen zu. Marni macht das, wovor sie sich oft erfolgreich drückt, sie tippt ihre handschriftlichen Gedanken in die Maschine. Den Computer lehnt sie noch immer ab, es sei denn, sie muss mailen. Das Briefeschreiben haben die Enkelkinder leider verlernt, folglich passt sie sich deren Vorlieben an.

„Stieveflappes" hätte Oma sie schon als Kind genannt, erzählt mir Marni. Ein Stieveflappes ist jemand, der begeistert, aber nicht anhaltend etwas tut, um es dann nicht nur wieder zu vergessen sondern sich der nächsten Inbrunst zu widmen. Nachdem ihr Enthusiasmus zu reimen (nach sieben Jahren!) abgeklungen sei, wolle sie jetzt tagebuchartig prosaieren, lacht sie, und das auch noch ihrer Lieblingskatz vorlesen. Letzteres weil kein Widerspruch zu erwarten sei. Kurzfristig kann es natürlich auch hilfreich sein, ein Stieveflappes zu sein, denn es ist immer auch mit Schaffens-Lust verbunden. Zur Zeit klappert die Schreibmaschine, das hat allerdings weniger mit Lust als mit selbstgewähltem Termindruck zu tun. Bis zum Sommer will sie unsere Geschichte in der Korrekturfassung ihrer Freundin Irenen vorlegen. Die sei eine geeignete Lektorin und würde auch die Geschichte lieben. Im Laufe ihres Lebens hätte sie ihre „Stiewen" genutzt und würde jetzt den zweiten Teil des Worts „Flappes" nutzen, ursprünglich ein Flegel – kommt vom niederdeutschen „Flappe", der herunterhängenden Lippe, die bei einem bärbeißigen, trotzigen Menschen das Bild der Flegelhaftigkeit noch verstärkt: flapsig heißt das bei Kleist im Zerbrochenen Krug. Das passt insofern gut, als Kleist ihr Lieblingsklassiker ist, und das auch nur – siehe Schicksalsmacht der Zufälle – weil es die einzige Lektüre in ihrem ansonsten buchlosen Elternhaus war. Tante Tilly, ihre Patentante und jüngste Schwester ihrer Mutter, die als Ersatz für den verstorbenen Bruder, das Privileg genoss, aufs Gymnasium gehen zu dürfen, hatte Kleist bei ihrem Auszug aus dem Elternhaus vergessen. Aber diese Geschichte gehört zu den im Chaos versteckten und folgt später – eventuell.

Ich habe brav die Antiflohpille geschluckt, weil ich bekanntlich mit Flöhen nicht bei ihr im Bett schlafen darf. Sie bekommt mir ganz gut, nur manchmal würge ich, aber ich bin floh-frei.

*

Marni hat sich endlich wieder mal mit zwei alten Freundinnen bei „Bartolo" an der Cala Nova getroffen. Früher kam das oft vor. Mit dem auf der Insel überstrapazierten Wort „Freundschaft" geht sie seit Jordis Tod kritischer um. Es sei so ärgerlich, dass es zwischen Freundin und Bekannter keine treffende Bezeichnung für jemanden gäbe, mit dem man über ganz bestimmte Lieblingsthemen plaudern könne. Vieles scheitert an zu hohen Erwartungen, meint sie dann vor sich hin sinnierend. Eine gute Bekannte zum Beispiel hatte alle ihre Gedichtbände – bis auf den letzten – gekauft und kein einziges Wort darüber verlauten lassen. Natürlich wisse sie, was das bedeute, aber das Recht, enttäuscht zu sein, würde sie sich nicht nehmen lassen, nicht nur enttäuscht, auch wütend. Von einer Freundin oder guten Bekannten erwarte sie, dass sie auch Kritik äußere. Inzwischen sei ein Jahr vergangen ohne eine einzige Äußerung, und Marni hat beschlossen, ihr den letzten Gedichtband zum Geburtstag zu schenken. Mit einem kleinen, boshaften Lächeln erzählt sie mir dabei folgende Geschichte:

Vor langer Zeit arbeitete ich in der Kunst- und Antiquitäten Galerie eines guten Freundes. Was mir besonders gefiel, waren die wechselnden Ausstellungen, die ich mit organisierte. Den jeweiligen Künstler suchte immer mein Freund aus, ein charmanter und kluger Kunsthistoriker, der in Wien studiert hatte. Wiener Schmäh beherrschte er perfekt, was sich bei Verkaufsverhandlungen als sicheres Erfolgsrezept erwies. Wieder einmal hatte er für einen seiner Künstler-Freunde eine Ausstellung geplant. In der großen alten Galerie in den Kellergewölben einer Nebengasse im Zentrum der Stadt hingen all die Werke, die aus Gebilden von minutiös zusammengesetzten Bausteinen bestanden (der Künstler hatte einmal eine Maurerlehre gemacht) in schwarz-weiß und einer eigens entwickelten Technik zwischen Tusche und Bleistift. Alle Wände hingen voll. Eines Tages kam ein altes sympathisches Ehepaar – wie Philemon und Baucis – und schaute sich lange jedes einzelne Kunstwerk an. Ich stellte mich schon auf einen potentiellen Verkauf mit entsprechend vom Freund abgeguckten Wiener charmanten Stellungnahmen ein. Dann schritten beide auf den Ausgang zu – an mir vorbei, verabschiedeten sich freundlich und der Mann sagte zu seiner Frau: „Und wenn du nicht lieb bist, kaufe ich dir so eins."

Man kann's auch übertreiben. Weil Marni kein Brot wegwerfen kann, hat sie die letzten Scheiben zerkrümelt und auf dem Dreschplatz, direkt neben ihrer Liege, ein Krümelhügelchen aufgehäuft. Das hat sich natürlich in *largatija*-Kreisen sofort herumgesprochen. Nun zanken sich Dutzende von Eidechsen um die kleinen Bissen und jagen sie sich lieber gegenseitig ab statt die größeren wegzuschleppen. Das dürfte in Zukunft der Tafelplatz sein. Puschel schaut vom Fußende der Liege zu. Mit einigen hat sie sich wohl schon beschäftigt, sie sind schwanzlos. Ich gebe zu, dass der vielleicht auch wegen mir abgeworfen wurde. Wie sie diesen Trick bei einer Verfolgungsjagd immer wieder anwenden – ganz schön listig! Diese Eidechsen sind schlau und erstaunlich zutraulich. Marni behauptet, eine gezähmt zu haben. Und in der Tat kommt eine besonders große, grün schillernde immer wieder zu ihr auf die Liege, natürlich nur, wenn Puschel sich nicht dort breitgemacht hat. Die Männchen sind attraktiver als die Weibchen. Sie haben kräftigere Grüntöne, die Weibchen sind gräulich-bräunlich, unscheinbarer.

Marni behauptet, ihre gezähmte sei eine Langschwanzeidechse, und in der Tat ist der Schwanz bestimmt fünf Mal länger als der Körper. Ob sie den auch so leichtfertig abwirft? Nein, ich probiere es nicht aus.

Ist viel zu warm und anstrengend. Es ist wohl doch nur eine spanische Mauereidechse, denn die sind dafür bekannt, dass sie ordentlich sind. Sie wischen sich zum Beispiel nach dem Fressen das Mäulchen mit seitlichen Bewegungen an Gegenständen ab. Und das tut ihr neuer Liebling gerade. Ich könnte mich an sie gewöhnen. Sie wird ja nicht bei ihr im Bett schlafen wollen. Wissen tut man's nicht.

Heute erfuhr ich endlich, was es mit ihrer Unfreudigkeit auf sich hat, das Tippen betreffend. Damit habe ich während Jordis Studienzeit zusätzlich Geld verdient. Ich tippte Doktorarbeiten, erzählt sie, wie ich fand mit einem versonnenen Blick. Der hatte weniger mit der Erinnerung an die Tipparbeit zu tun, als vielmehr an einen Doktoranden, der eine bestimmte Arbeit verfasst hatte und sie immer wieder umstrukturierte, in endlosen Sitzungen korrigierte und sich bei diesen Gelegenheiten ziemlich viel Zeit ließ – nicht nur zum Korrigieren. Jedenfalls hatte er die Gabe, Marni zu inspirieren, denn anlässlich seiner Geburtstagsfeier in dem Institut in dem sie arbeitete, verfasste sie eines ihrer Gedichte, der Beginn einer lebenslangen Liebe zum Reimen. Leider war auch die mit Tippen verbunden. Und ist es geblieben. Sie tippt blind, das hatte sie sich einmal selbst beigebracht. So ist das mit den Autodidakten, sie vertrauen auf ihre Blindheit beziehungsweise unterscheiden nicht zwischen Kunst und Handwerk. Was lag näher als Kunsthandwerkerin zu werden mit der Sehnsucht, auf das Handwerk zu verzichten…

*

Wildes Gezwitscher höre ich von weitem aus dem Nest über dem Eingang zum Waschmaschinenraum. Sobald ich näher komme, verstummt es. Das haben die Spatzenkinder schon gelernt: Klappe halten, wenn Gefahr droht. Sie sind bestimmt schon bald flugbereit. Das Nest hinter dem *Sabina*-Balken hat keinen Vorplatz und sie müssen auf Anhieb etwa zwei Meter schaffen bis zur gegenüber stehenden Palme. Innen scheint es eher geräumig zu sein und gut ausgepolstert. Viele Hälmchen ragen aus dem Ein-und Ausgang. Hoffentlich wissen Mama und Papa, dass wir Katzen weit genug weg sind während des Tages, bei den ersten Flugstunden. Ich begleite Marni ja immer in den Wäscheraum. Sin-Rabo kommt neuerdings auch mit. Nach circa vierzehn bis sechzehn Tagen sind die Jungen schon flügge. Auch bei den Spatzen, wie bei den Eidechsen, ist das Weibchen unscheinbarer als das Männchen. Es legt bis zu sechs Eier, aber gebrüht wird abwechselnd. Sie führen eine lebenslange Dauerehe. Wenn die Eltern verloren gehen, ziehen die intensiven Bettelrufe der Jungen meistens stellvertretende Bruthelfer an, die die Jungen füttern bis sie flügge sind. Ganz schön sozial, die Spatzengemeinschaft. Die Jungen verlassen übrigens das Nest innerhalb weniger Stunden und sind dann schon gut flugfähig. Sie fressen bereits nach ein bis zwei Tagen ein wenig selbst und sind spätestens nach zwei Wochen selbständig. So ein kleiner Spatz kann bis zu zehn Jahre alt werden. Der Älteste wurde angeblich dreiundzwanzig Jahre alt. In ländlichen Gebieten beträgt die Lebenszeit allerdings nur zwei bis drei Jahre, da zu viele fressgierige Feinde herumlungern.

Und dann muss Marni reimen – sie kann es nicht lassen.

Der Spatz

Es trällert und zwitschert im Spatzennest

Unsichtbar hinter dem *Sabina*-Balken

Sobald ich auftauche, verstummt das Geplärr und lässt

Vermuten: die Kinder sind gehorsam und hören auf die
    Alten

Und warten auf das Ende der Gefahr

Nach zwei Wochen wagen sie zu fliegen

Verlassen das treu sorgende Elternpaar

Spatzen führen ein monogames Eheleben und besiegen

Ihre Feinde gemeinsam – in Gefahr.

*

Als sie heute mit einem Stapel Post zurückkam – oft geht sie tagelang nicht zum Postfach – öffnete sie zuerst die Information von 'Ärzte ohne Grenzen'. Sie hat ihnen nie mitgeteilt, dass Jordi gestorben ist, sie möchte, dass er manchmal noch Post bekommt, sagt sie. Das erzählt sie nur mir.

Sie ist ziemlich nachdenklich, sie sieht irgendwie glücklich aus. Was ungewöhnlich ist, sie schreibt seltener Tagebuch, dafür telefoniert sie hemmungslos. Ich kann mich irren, aber aufgrund der Art, wie sie lange zuhört mit diesem versonnenen Gesichtsausdruck und den anschließend langen Waldrundgängen liegt der Verdacht nahe: Sie ist verliebt. Wenn es soweit ist, erzählt sie mir davon. Wie ich sie kenne, ist es keine einfache Geschichte. Wenn eine Liebesgeschichte einfach wäre, wäre sie keine erzählenswerte Liebesgeschichte. Es muss ja nicht gleich wie *Dshamilja* eine der schönsten Liebesgeschichte der Welt sein, Ihre jahrzehntelange Freundin Irenen hatte sie ihr zum Geburtstag geschickt.

Dann erzählt sie: Ich habe ihn nach 27 Jahren wieder getroffen. Sein Sohn hatte ihm einen Gedichtband anlässlich eines besonderen Jahrestages geschenkt. Aber du hast mir doch früher erzählt, dass er keine Zeit zum Lesen hat, und dann schenkt er ihm Gedichte? Ja, einen kleinen Lyrikband mit dem Titel *Stadt, Land, Flucht.* Eines hatte ihm besonders gut gefallen, und das konnte er auswendig :

Liebeserklärungen

sind wie Blumen

schon früh liebte ich Schlüsselblumen

vielleicht gefällt mir

deswegen

„du gehst mir nicht aus dem Sinn"

besser

als

„ich liebe dich".

Sie mag es, wenn ich zufrieden blinzle sobald sie mit mir spricht. Heute habe ich wieder einmal ein Geschenk gebracht, ein totes Mäuschen. Auch wenn sie sich aus Geschenken nicht viel macht, es sei denn es handelt sich um Bücher, muss ich mich von Zeit zu Zeit bei ihr bedanken. Dass unwissende Menschen meinen, wir Tiere hätten keine Dankbarkeitsgefühle, liegt vermutlich daran, dass diese Menschen selbst wenig mit Dank im Sinn haben. Ärger und Eifersucht unterstellen sie uns schnell. Ist ja auch leichter zu erkennen. Sin-Rabo mag ich nach wie vor nicht besonders gut leiden. Er hat sich aber auch reichlich geschickt in Marnis Herz eingeschlichen. Dabei setzt er hemmungslos seine Sprechfreudigkeit ein. Sobald sie mit ihm spricht und nicht nur dann, palavert er in allen Tonlagen und himmelt sie dabei an. Man kann's auch übertreiben. Sie hat ihm aber immer noch nicht erklärt, wie die Katzenklappe funktioniert. Und ich zeige es ihm bestimmt nicht. Dass er es selber noch nicht herausgefunden hat, wundert mich. Ich gebe zu, er ist nicht dumm. Selbst Puschi benutzt die Katzenklappe, und von deren Intelligenz sind weder sie noch ich überzeugt. Dafür ist sie lieb, was bei Menschen nicht immer zusammenfällt, grinst Marni.

*

Der August ist nicht unbedingt mein Lieblingsmonat. Ich verstehe zwar, dass Marni entzückt dem Zikadenlärm lauscht, mir schlägt er eher aufs Gehör, aber ich finde natürlich immer ein kühles Plätzchen. Die Steinplatten im BB-Zimmer sind schon sehr geeignet für lange Siestas. Erizo zog sich oft in die Badewanne zurück. Das habe ich noch nicht ausprobiert. Werde es aber demnächst tun, denn Erizo war nicht nur ein ganz Schlauer, sondern auch der Liebling von Jordi. Sie murmelt dann verschwitzt etwas von Dachisolierung und zählt wieder einmal die Euros im Versteck: Seitdem sie die nicht mehr in der Zuckerdose aufbewahrt – dieses Versteck sei allen Dieben bekannt – hat sie sich einen raffinierten Aufbewahrungsplatz ausgedacht. Aber über den darf ich nicht sprechen.

Heute holt sie wieder einmal die nicht geschriebenen zwei Seiten der letzten Tage nach. Selbst ein Kurzgedicht zählt bei ihr so viel wie zwei Prosaseiten. Wie mir ihre Selbstbeschwindelungen gefallen! Fehlt nur noch, dass sie die Seiten doppelt zählt: einmal handgeschrieben – Gedanken, die ihr gefallen, müssen vom Kopf in die Feder beziehungsweise den Stift fließen, und dann müssen sie getippt werden. Gerade wechselt sie wieder einmal murrend das Farbband. Das ist ihr immer noch lieber als die vertrockneten Farbbehälter des Druckers, den sie ebenso wenig mag wie den Laptop und die außerdem sündhaft teuer sind, seufzt sie. Mir gefällt Schreibmaschinengeklapper. Ich liege auch meistens ziemlich dicht daneben. Natürlich kenne ich Werners Geschichte von seiner Frau – er selbst mag ja keine Katzen. Deren beide Siam-Lieblinge pflegten bei Nichtbeachtung auf die Schreibmaschine zu pinkeln. Dazu hatten sie offensichtlich auch allen Grund, denn als Journalistin hat sie bei Termindruck damals nicht nur ihre Katzen vernachlässigt. Ähnliche Protestreaktionen hätte Werner allerdings nicht angestellt, kichert Marni dann. So dicht bei der Maschine zu schnurren, hat den Vorteil, dass ich mir gleich ihren Unwillen bei nicht gelungenen Reimen anhören kann. Ich schnurre dann intensiv aufmunternd, was so viel heißt wie: Das hält dich doch sowieso nicht ab oder so ähnlich interpretiert sie es. Aus der Saumseligkeit, mit der sie heute morgen in die Gänge kam, schließe ich, dass ihr wieder einmal ein nächtlicher Traum nicht aus dem Sinn geht. Und richtig. „Eigentlich wollte ich ihn dir gar nicht vorlesen", sagte sie, aber manchmal genügt das Aufschreiben eben nicht, um ihn zu verarbeiten. Vertreiben wäre sicher richtiger oder „verlegen" – ha, ha. Immer noch ist sie auf der Suche nach einem Verleger. Gerade hat sie wieder einmal ein Angebot von einem Bezahl-Verlag erhalten, der sich „freuen würde, sie zu verlegen. „Auch wenn ich die Euros hätte, würde ich nicht für meine eigenen Geschichten bezahlen", sagt sie mir dann. „Heute Morgen habe ich mir folgendes Gedicht „verkauft", grinst sie dann:

Selbst-Erfreuen nenne ich dichten

Auf Geschichten zu verzichten

Trost- und freudlos wäre so ein Tag

Was immer die Zukunft bringen mag

Die Freude am Lesen und Schreiben

Wird mich immer auf dem Lebensweg begleiten

Und weil Tamara das Gleiche vom Malen sagen kann

Hat das Schicksal uns beschenkt – ein Leben lang.

Der heutige Morgen ist aber auch zum Selbst-Erfreuen. Traumverarbeitung später, sagt sie. Allerdings hätte ich ihr fast

einen Kratzer verpasst. Ich finde, sie übertreibt bei ihrem Ein-
reiben mit Kokosöl. Ich bin ja flohfrei, da muss sie nicht
wöchentlich mit dieser Prozedur kommen. Wie ich sehe, mag
Sin-Rabo es auch nicht besonders. Nur Puschi lässt es stoisch
über sich ergehen. Aber Puschi ist ja selbst mit der Fledermaus
im Bücherregal über ihr einverstanden. Marni hat natürlich bei
Tamara damit angegeben, dass zwei Fledermäuschen zwischen
Büchern nicht nur das Licht der Welt beziehungsweise die
Dunkelheit ihres Lebensraums erblickten, sondern auch nach
geglückter Aufzucht davonflogen. Und das alles in Katzennähe.
Ich fürchte, meine Duldsamkeit hätte da nicht ausgereicht. Das
alles versteckt hinter Büchern. Da wäre es ja gar nicht aufgefallen, wenn ich so ein Fledermäuschen heimlich verspeist
hätte. Der heutige Morgen scheint aber auch ein ganz besonders erfreulicher zu sein. Gerade flog ein ziemlich großer,
schwarzer Vogel über die *casita*. Nein, ein Falke war es nicht,
meint Marni. Der ist kleiner, schwarz-braun mit bräunlich
geränderten Deckfedern. Im Tal ist immer wieder einmal einer
zu sehen. Und eine Krähe ist es auf keinen Fall. Krähen sind
kleiner. Also doch ein Kolkrabe? Er ist der größte Singvogel
der Welt und war vom Aussterben bedroht. Von den Menschen
brutal verfolgt wurde er, weil er angeblich Lämmer und Kälber
riß. Blödsinn. Was seiner Arterhaltung nicht gerade dienlich
war: Er ist treu. Kolkraben bleiben ein Leben lang zusammen,
und wenn der Partner stirbt, sucht sich der Überlebende

keinen Neuen. Dabei können sie bis zu dreißig Jahre alt werden. Kein Wunder, dass sie schon im Altertum verehrt wurden. Die Mär vom Lämmer- und Kälberreißen gab es damals noch nicht. Dafür aber schon das Wissen: Dieser Vogel ist besonders klug. Kolkraben sind Individuen, das bedeutet, dass ihr Verhalten nicht ausschließlich auf angeborenen Verhaltensmustern basiert. Sie sind lernfähig. Neben Raben ist das nur von Delfinen, Papageien und Menschenaffen bekannt. Sie schauen zum Beispiel zu, wie ein Artgenosse Muscheln oder Schnecken aus größter Höhe fallen lässt, um damit das Gehäuse aufzubrechen, und probieren es dann selbst aus. „Wenn das ein Kolkrabe war, sind sie wirklich wieder im Kommen", sagt Marni zufrieden und, „Gegen die hast du keine Chance, die könnten eher dich auf ihren Speiseplan setzen." Tun sie aber nicht. Schlau wie sie sind, klauen sie lieber. „Der klaut wie ein Rabe", sagen die Menschen. Sein Image ist eher das eines Fuchses oder Wolfs: Er ist den Menschen zu schlau.

Sie erzählt mir wieder einmal lang und breit ihre Gedanken über die Zufallsmacht. Was wäre unser Leben ohne sie? Sie würde nicht auf dieser Insel leben, und ich als Inselkater, hätte sie mir nicht aussuchen können. „Wie stolz wir Menschen sind auf den sogenannten freien Willen", lacht sie dann. „Bis wir erkennen: der Zufall hatte immer die Hand im Spiel. Sie zu ergreifen, hilft manchmal auf dem Weg zum Ziel. Wie du hörst, Rojo, habe ich fast auf das Reimen verzichtet." Ich schnurre beipflichtend.

Das zweite Mal fand Marni am Morgen in der Spüle, unter einem Teller, eine kleine Maus – dachte sie. Mit Hilfe eines Handtuchs setzte sie sie dieses Mal im *almacen* unter dem kleinen offenen Fenster ab. Bei dieser Gelegenheit sah sie: das Mäuschen hatte Flügel – eine Fledermaus. Und das Erstaunlichste: sie gab fiepsende hohe Töne von sich. Angeblich hört man mit zunehmendem Alter hohe Frequenzen weniger gut als niedrige. Aber das hohe Fiepsen war ganz deutlich zu hören. Vorsichtig streichelte sie mit dem Zeigefinger über das seidige Fell. Bestimmt hat sie Hunger. Insekten konnte Marni nicht bieten, aber winzige Käsekrümel und Durst hat sie vielleicht auch. Warum saßen beide in der Spüle? Auf die Idee, den Minivampir zu fotografieren, kam sie gar nicht. Sie war mit Versorgung beschäftigt.

*

Und dann beim vierten Versorgungsgang in den Schuppen sah sie, wie das schöne Fledermäuschen durch das kleine Fenster entschwand. *Murcielagos* bringen ein bis zwei Junge zur Welt, und zwar im Frühjahr. Die Eizellen werden nicht gleich nach der Paarung befruchtet, sondern erst nach Beendigung des Winterschlafs, circa vierzig bis siebzig Tage Tragezeit, dann werden sie sechs bis acht Wochen gesäugt, bevor sie flügge sind. Mama *murcielago* nimmt ihre Kinder manchmal auf ihren Beutezügen mit. Die klammern sich dabei an die für diesen Zweck vorhandenen Scheinzitzen am Bauch der Mutter fest. *Murcielagos* sind soziale Tiere. Dicht aneinander gedrängt überwintern sie gewöhnlich. Sie können bis zu dreißig Jahre alt werden. Im Alten Testament hatten sie einen schlechten Ruf, gefiederte Vogelflügel hatten nur Engel zu haben. Die schwarze fliegende Maus war die Inkarnation des Teufels. So einen kleinen Teufel zu verspeisen könnte ich mir schon vorstellen. Aber Marni, die das ahnte, schloss sorgfältig die Schuppentür hinter sich ab. Die Wahrscheinlichkeit, dass sich am Morgen eine dritte Fledermaus in die Spüle verirrt, ist gering. „Wie dumm", murmelt sie, „ein Foto hätte ich schon machen können." Carlos, dem sie die Geschichte gleich brühwarm erzählte, wusste zu berichten, dass es in Sri Lanka *murcielagos* mit einer Flügelspanne von einem Meter gibt. Und dass man sie dort fliegende Füchse nennt. Fliegende Füchse oder Flughunde sind die größten Fledertierarten. Der *Kalong* erreicht eine Flügelspannweite von bis zu einem Meter und siebzig. Sie haben im Gegensatz zu den europäischen Fledermäusen keine Echoortung und besitzen gut entwickelte Augen und einen ausgezeichneten Geruchssinn. Sie halten keinen Winterschlaf, da es in Madagskar oder den Seychellen und in Australien auch im Winter warm genug ist. Wie ihre kleinen Artgenossen bringen die Weibchen nur einmal im Jahr ein Junges zur Welt, das sie in Wochenstuben mit anderen Weibchen großziehen. Sie ernähren sich von Früchten und Blüten. Marni meint in ihren beiden Fledermäusen die Breitflügelfledermaus erkannt zu haben. Als „Hausfledermaus" hält sie sich häufig zwischen Dachpfannen und Isolierung auf, und genau das hat sie in der *casita* und Umgebung. Sie scheinen menschliche Wohnräume ganz gerne zu haben. Außerdem waren ihre Körperchen nicht nahezu schwarz, sondern dunkelbraun. Von den übergroßen Ohren war Marni ganz entzückt.

*

Der dreizehnte Juli ist ein gutes Datum, einen neuen Roman anzufangen. Einen Fortsetzungsroman – nicht sehr originell, aber eine Notwendigkeit. Denn ich ersetze das Tagebuch. Und wem beschert *el destino* schon diese Gunst? Ein bisher ereignisloser Tag. „Lit-Zi" fiel aus, aber am Abend kommen meine Lieblingsgäste Corinna und Familie. Du kannst mit deiner Sicht des Lebens fortfahren…

Heute ist Welt-Katzentag, erzählt mir Marni. Wir scheinen des Menschen liebstes Haustier geworden zu sein. Ein wenig wundert mich das schon. Eigenwilligkeit vor Unterwürfigkeit. Wer hätte das gedacht. Ich konnte meine Toleranz Hunden gegenüber noch nicht unter Beweis stellen. Marni sagt, nachdem sie Tuljan, Buri und Felino zusammen mit Jordi beerdigt habe, würde sie in diesem Leben kein Hundegrab mehr ausschaufeln.

Wie die *veterinaria* meint, bin ich etwa zehn Jahre alt und ziemlich gesund. Ich möchte Marni nicht überleben. Die meisten Gefühle von Menschen verstehe ich, weil ich ähnlich empfinde. Über den Tod denke ich allerdings nicht nach. Darum beneidet sie mich, und natürlich um die Kunst des Schnurrens. Heute Nacht hat sie mich wieder einmal geschickt zum Schnurren verführt. Sie muss sich dann nur unter der Bettdecke so bewegen, dass ich meine Schlafstellung ändere. Das ist immer ein Anlass, behaglich zu schnurren und zu sagen: ja, ich bin da. Bei Schlafunterbrechung beziehungsweise Lesestunden kann das auch etwas lästig werden. Ich tue dann einfach so als schliefe ich tief und fest. Sie kennt den Trick und wendet ihn selbst an, wenn am frühen Morgen Puschi kommt und laut Frühstück fordert. Es ist auch schon vorgekommen, dass sie Marni wachleckt. Aber seitdem ich weiß, dass ihr das nicht gefällt, verhindere ich es. Schließlich mache ich das auch nicht, obgleich ich schon manchmal Lust dazu hätte. Dann spiele ich laut mit dem Trockenfutter. Sie weiß, dass es sich dabei weniger um Hunger als vielmehr um Lärmerzeugung dreht. Dann legt sie sich einfach auf ihr gut-hörendes Ohr. In das linke brauch ich gar nicht zu schnurren. Das ist für die Katz – keine Ahnung, warum Menschen diese Redensart für Überflüssig-Sein benutzen. Na ja, vielleicht, weil das zwar nicht umsonst ist, aber auch angenehm sein kann. Auch Ambivalenz ist eine Eigenschaft, die wir Tiere kennen.

Wieder einmal brach ein großer Ast der riesigen Yukapalme ab. Marni rettete zwei kleine Ableger und pflanzte sie auf den Terrassenrand unterhalb der *casita*. Da gibt es schon schätzungsweise zwei Dutzend kleiner Yuccas, alles Ableger der Yucca, die Jordi vor circa dreißig Jahren anbrachte. Marni konnte sie gar nicht leiden. „Eine deutsche Wohnzimmerpflanze", sagte sie abschätzig und bat Jordi, sie irgendwo im Garten einzugraben. Das tat er dann auch und suchte eine Stelle oberhalb des *pozo negro*[37], weil sonst kein Platz mehr war – nicht weit von dem alten großen Orangenbaum. Die Yuccapalme liebte diesen nahrhaften Platz und wuchs und wuchs. Marni meint, sie sei jetzt mindestens fünf Meter hoch und ihre weiße Blütenpracht leuchtet ab August weit über das Flachdach der Finca hinaus.

Dutzende von Kindern gibt es inzwischen auf allen Terrassenrändern. Im hinteren Teil des verwilderten Gartens sind noch einmal ebenso viele. „Und damals wollte ich die Yuccapalme nicht haben", sagt sie wehmütig. Vielleicht grub sie heute aus Schuldbewusstsein ein ziemlich großes Loch, trotz Hitze. „Alle Ableger wachsen an mit ein wenig Wasser am Anfang", sagt sie stolz. Der Nachteil bei den Yuccas sei das Abzupfen der

---

[37] Sickergrube

unteren braunen Wedel. Nachdem eine der *palmeras reales* von dieser scheußlichen Krankheit befallen wurde, sind die Yuccas noch einmal in ihrem Ansehen gestiegen. Seitdem die erste *palmera real* krank ist, muss sie im Herbst einen nicht offiziellen Palmtöter bitten, sie zu fällen. In der Mitte sterben die neuen grünen Triebe ab. „Ein so trauriger Anblick", seufzt sie. Offiziell kostet das Palmentöten hunderte von Euros, weil sie nur unter besonderen Vorkehrungsmaßnahmen verbrannt werden dürfen, damit die fliegenden Palmrüssler (Rhynchophorus ferrugineus), die aus Südostasien stammen, sich nicht sofort auf der nächsten gesunden Palme niederlassen. Bisher hatte der Palmrüssler sich noch nicht bis zu uns verirrt. Die Larven zerstören das Palmenherz und fressen sich in die Mitte der Palme vor, bis die Palmwedel gelb werden und die gesamte Krone nach einigen Wochen komplett braun ist und abstirbt. Alle Schädlingsvernichtungsmittel waren bisher erfolglos. Die Invasion des Palmrüsslers geht auch deshalb ungebremst weiter, weil in Europa Loris und Geckos fehlen, die im Regenwald Indonesiens den Rüssler in Schach halten. Der gefräßige Käfer kann kilometerweit fliegen. Die von Marni auf der oberen Terrasse selbst gezüchteten *palmeras reales* sind noch gesund, auch die stattliche „Jordi-Palme", ein Geburtstagsgeschenk zu seinem sechzigsten. Daneben wächst eine Fächerpalme, die nicht annähernd so eindrucksvoll ist wie die *palmera real*. Ich wetze mir daran immer meine Krallen. Um den kleinen *Sabina*-Baum vor der *casita* ist immer noch das von Jordi angebrachte Drahtgitter, das vor Katzenkrallen schützt. Marni wird es nie entfernen, der *Sabina*-Baum könnte einen halben Meter dick werden, was ewig dauert. An dem Rosmarinbusch daneben ist auch gut Krallenwetzen. Puschi, die mir einiges abschaut, macht das ebenfalls.

*

Heute hat Marni ganz viel *salvia*[38] gepflanzt. „Völliger Blödsinn im August", sagt sie. Salbei-Tee ist ihr Sommer-Getränk und den vom Vorjahr hat sie schon weggetrunken und als Lieblingsgewürz verspeist. Er vereint die heilende Wirkung von Rosmarin, Eukalyptus und Teebaumöl. Selbst als Mittel gegen graue Haare helfe er, sagt sie und trinkt begeistert ihr Allheilmittel, was die grauen Strähnen zwar nicht verschwinden, dafür aber interessant erscheinen lässt. Er ist also auch ein Gemüts-Verfärber. Zum Glück testet sie den nicht an mir. Ich würde ihr auch zutrauen, mit einem Schuss Salbeitee meine Milch zu verdünnen. Ich traue ihr viel zu. Und das spürt sie. Es ist bewölkt, die Schreibmaschine klappert und ich liege in Sichtweite meiner Menschenfreundin. Das Leben ist schön. Ihre Vorliebe für Salbei ist in der Familie hinreichend gefürchtet. Trotzdem fand Irmela den Salbei Gemüsetopf an-

---

[38] Salbei

lässlich ihres Geburtstagsfestes mit hunderten von Gästen erwähnenswert. „Irmelischka ist eine der wunderbarsten Gastgeberinnen, die ich kenne", schwärmt Marni dann, „das Geburtstagsfest war ein Happening der besonderen Art wie alle ihre Feste." Dann schildert sie mir das Erscheinen des jüngsten kleinen Geburtstagsgastes. Irmelishka hatte ihn beinahe vergessen. Aber bei einem Toilettengang kratzte es unüberhörbar in einem Pappkarton. Erizo, das kleinste Familienmitglied wollte offenbar mitfeiern. Irmelischka packte ihn auf ein blütenweißes Sofakissen und nahm mit ihm Platz unter dem Zeltdach, wo das Geburtstagskonzert stattfand. Natürlich wurden beide von allen Kindern und Tiernarren umringt. Erizo ist ein Mini-Igel, den Irmelischka am Strand Aguas Blancas hilflos gefunden hatte und mit Fläschchen, anfangs alle zwei Stunden, hochpäppelte. Inzwischen ist er ein an Menschen adaptiertes kleines Wunderkind, das vergessen hat, sich einzuigeln, weil alle um ihm herum nur lieb zu ihm sind, selbst die Katzen. Er ist flohfrei und residiert nachts am Fußende in Irmelischkas Bett. Das Fest fand um vier Uhr morgens seinen Abschluss und Erizo schnarchte zufrieden am Bett-Fuß-Ende. Aus Erfahrung weiß ich, dass das ein himmlischer Platz ist.

*

Heute reisen Marnis Lieblingsgäste ab, die seit Jordis Tod alljährlich kommen. Ich teile ihre Zufriedenheit nur deshalb begrenzt, weil sie immer ihren Hund mitbringen. Der leidet inzwischen an Demenz und findet offenbar bei kleinen Ausflügen nicht seinen Weg zurück. Die Menschen glauben ja, Mitgefühl sei eine ihrer Tugenden. Mir tut er schon leid. Und spätestens seit Wohllebens *Das Seelenleben der Tiere* hat es sich herumgesprochen, dass wir nicht nur Mitgefühl empfinden, sondern auch selbstlos handeln können. Wenn man in einer Gemeinschaft lebt, sagt Wohlleben sinngemäß, ist ein gewisses Maß an Selbstlosigkeit Voraussetzung für das Funktionieren. „Für mich jedoch wird Altruismus erst dann wertvoll, wenn man eine echte Wahl hat, wenn man bewusst und aktiv Verzicht üben muss, um einem anderen zu helfen", schreibt Wohlleben. Und das beweist er mit seinen Beobachtungen im gesamten Tierreich. Das kann natürlich auch Vorteile bringen. Altruismus bedeutet langfristig nicht nur geben, sondern auch nehmen, und dann stellt er die spannende Frage: „Ist Altruismus also egoistisch?" Diejenigen die besonders altruistische Züge aufweisen, werden ihrerseits bevorzugt, wenn sie selbst einmal eine Pechsträhne haben. Diese hoch philosophischen Fragestellungen ermüden mich jetzt. Außerdem muss ich Sin-Rabo zurechtweisen: aus dem Trockenfutternapf, der sich automatisch wieder füllt beim Aufessen der in die Schale gefallenen Körner speise nur ich – na ja, manchmal auch Puschi. Und da bedient er sich gerade hemmungslos. Altruismus hin oder her, nur weil ich weiß, dass er auch mir nicht unbekannt ist, muss ich ihn noch lange nicht ständig praktizieren. Gerade erzählt Marni mir stolz von einem Zufallserfolg. Eine ihrer alten, schönen *palmeras reales* ist ja vom Palmrüssler befallen. Sie weigert sich einfach, die Palme töten zu lassen, obgleich sie ja todkrank ist. Werner schälte die inneren abgestorbenen Wedel heraus und pflanzte drei Lantanas camaras in die vom Rüssler verzehrten jungen Triebe. Die Lantanas gefallen Marni besonders gut weil sie in allen Farben blühen und sehr genügsam sind.

Lantana camara[39]

Inzwischen blühst du auf allen Terrassenrändern

Du bescheidene Schöne

Deine bunten Blüten verändern

Bereichern und verschönern

Nicht nur für Bienen den Lebensraum

Mit wenig Wasser gibst du dich zufrieden

Willkommen bei uns – das Leben ist ein Traum

Wenn uns die, die um uns herum leben, lieben.

Am Anfang wässerte sie heftig, was dem Palmrüssler offenbar sehr missfiel, denn neue zarte Pelmwedel scheinen zwis-

---

[39] Wandelröschen

chen den *Lantana*-Blüten zu wachsen. Ob das nun der Bewässerung zu verdanken ist oder nur der Wachsfreudigkeit der Lantana? Beide sehen jedenfalls prächtig aus. Jetzt ist es spannend, wer wen überlebt oder ob sie eine Gemeinschaft bilden werden, fragt sich Marni. Jedenfalls begleite ich Sie immer zum Bewässern des Palmrüsslers. Vielleicht gewöhnt der sich ja an die Morgendusche und beschließt zu bleiben? Spannend bleibt es.

Marni beneidet mich nicht nur um die Kunst des Schnurrens, sondern auch um die Kunst des Beobachtens. Von meinem Aussichtsplatz, der Bank unter dem Rosmarinbusch, habe ich den Dreschplatz und die Terrassen gut im Blick. Inzwischen interessieren mich die überall herumhuschenden Eidechsen nicht mehr besonders. Ich weiß ja, dass sie mir im Notfall ihren Schwanz hinterlassen, und der interessiert mich nur so lange wie er zappelt. Puschi scheint immer noch verblüfft von diesem Eidechsentrick zu sein. Aber auch sie verspeist den Schwanz nicht mehr, zum Glück, denn er überträgt oder verursacht Würmer. Und gegen die müssen wir dann Pillen schlucken.

Seit dem Gewitter schweigen die Zikaden. Mir fehlt der Lärm nicht. Marni schon. Sie nennt diesen Lärm Konzert und lauscht am Abend hingerissen der Aufführung. Laut Ingeborg Bachmann sollen Zikaden einmal Menschen gewesen sein. Marni liebt ihre Gedichte. Ingeborg Bachmann findet ihren

Gesang unmenschlich. Marni liebt uns Tiere, weil wir unmenschlich sind, aber eine Seele haben. Daran glaubte sie schon lange bevor der vorletzte Papst das verkündete. Ob der Tierhimmel von dem Menschen-Himmel getrennt existiert, schien er auch nicht zu wissen.

Heute ist einer jener Saubermach-Tage an denen Antonia Marni hilft. Antonia versorgt uns zwar, wenn Marni in Deutschland ist, aber sie ist keine Katzenliebhaberin. Dafür hat sie andere hervorragende Eigenschaften, sagt Marni. Zum Beispiel singt sie bei der Arbeit. Sie hat eine schöne Stimme und singt Kirchenlieder. Marni gefällt das sehr, nicht nur weil sie den Text nicht versteht. Heute erzählte sie mir, dass ihre Oma immer gesagt hätte: „Die Vögel, die morgens so früh singen, holt nachmittags die Katz." Antonia lachte, nein, ein ähnliches Sprichwort gebe es in Spanien nicht.

Teresa kam mit ihrem *podenco* vorbei um einige Sachen für den Flohmarkt abzuholen. Puschi und ich flüchteten uns in den *Sabina*-Baum. Angeblich ist der *podenco* katzenlieb, aber weiß man es? Sin-Rabo war ebenfalls unsichtbar. Wenn Marni wieder einmal an einen ihrer verstorbenen Hunde-Lebensbegleiter erinnert wird, fallen ihr natürlich Geschichten ein, die sie mir dann unbedingt erzählen muss. Tuljan, ein Boxer, der erste Hund muss eine Seele von Hund gewesen sein. Er war außerdem nach der Heirat das dritte Familienmitglied – vor Sohn Markus. Beide wuchsen zusammen auf. Zu diesem Zeitpunkt lebten Jordi und Marni auf der Schwäbschen Alb in einer riesigen Lehrer-Wohnung in einem Schulgebäude. Jordi machte eine Vertretung als Landarzt. Tuljan hatte seine Schlafmatratze in einer Garderobe, vor der ein Vorhang hing. Wenn Jordi ihm wieder einmal einen köstlichen Knochen mitgebracht hatte, konnte er lange in seinem Schlafzimmer daran nagen. Sobald Markus krabbeln konnte, war er mit Tuljan in den langen Gängen der Wohnung unterwegs. Tuljan liebte Markus von Anfang an. Keine Spur von Eifersucht. Eines Tages war es ziemlich still in der Wohnung, außer der schrillen Schulglocke, die stündlich läutete von acht bis vierzehn Uhr. Auf die lauten Rufe: „Markus, Tuljan" rührte sich nichts, und Marni begann hektisch in allen Zimmern zu suchen. Schließlich sah sie in die Garderobe, aus der ein gewisses Schmatzen kam. Markus und Tuljan lagen im Hundebett und nagten am gleichen Knochen. Voller Entsetzen rief sie in der Praxis an, um nach hygienischem Rat zu fragen. „Bakterien stärken die körpereigene Abwehr", war der gelassene Kommentar, und in der Tat habe Markus selten irgendeine spezifische bakterielle Kindererkrankung gehabt. „Eng umschlungen hielten beide ihren Mittagsschlaf und ich hätte Tuljan ohne weiteres als Babysitter einsetzen können", sagt Marni. Das tat sie auch einmal, um im Dorf einzukaufen, erzählte sie. „Als ich zurückkam, saß Markus vor Tuljan mit einer kleinen Schere und hatte kreisrunde Löcher in sein Fell geschnitten und die

Hundehaare sorgfältig auf einem kleinen Häufchen daneben gesammelt." „Was für ein Glück, dass du es nicht an seinen Ohren probiert hast", sagte sie. „Das wollte Tuljan nicht", antwortete Markus. Die Tierliebe wurde ihm buchstäblich in die Wiege gelegt.

„Das Leben ist zu kurz, um sich zu mäßigen", meint Marni und trinkt gerade die xte Tasse Kaffee. Den Satz habe Pierre im Traum zu ihr gesagt, und natürlich muss sie mir den Traum erzählen. Pierre, ihr Lebensfreund, war einst nicht nur ein leidenschaftlicher Liebhaber sondern auch ein großer Verführer. „Die Frauen machten es ihm zu leicht", erzählte sie, „und er suchte sich immer besonders schöne oder freche aus. Lange wäre es ihr nicht in den Sinn gekommen, sich im Netz seiner Verführungskünste zu verfangen, zumal er ihr dann nicht mehr seine wunderbaren Liebesgeschichten erzählt hätte. Sie lebten in einer Wohngemeinschaft mit Kind und Kegel. Zum Kegel gehörten viele Katzen und der immer wieder für Aufregung sorgende Hund Tuljan. „Von Tuljan erzähle ich später", sagt Marni. „Jetzt muss ich dir von einer von Pierres frechen Liebhaberinnen erzählen, die das Leben ebenfalls zu kurz fand, um sich zu mäßigen." Als Arzt in einer Medizinalassistenten-Zeit, so nannte man das Ausbildungsjahr nach dem Staatsexamen damals – an der Uni-Klinik, war er der Krankenschwester-Schwarm. Das Schwesternwohnheim lag unmittelbar neben der Uni-Klinik und Sabina, die ebenso frech wie attraktiv war, hatte sich gerade Pierre ausgesucht. Die Mittagspause zwischen zwei und fünf Uhr war zum Ausspannen äußerst geeignet, aber auch zu kurz um in unserem chaotischen WG-Haushalt Ruhe zu finden. Sabina wohnte im obersten Stock des Schwesternwohnheims, und man musste nur den Platz zwischen Uni-Krankenhaus und Wohnheim überqueren. Das tat Pierre dann auch. Eines nachmittags, als er pünktlich zum Nachmittagsdienst zurückeilte – Pünktlichkeit gehörte zu seinen Tugenden – öffnete sich im obersten Stock ein Fenster und Sabinas fröhliche Stimme schallte über den Platz: „Übrigens noch vielen Dank für den Orgasmus".

*

Marni liebt meinen Milchtritt. Ich nehme an, er ist so etwas ähnliches wie bei den Menschen das Daumenlutschen. Es beruhigt so schön, und solange man Kind ist, tolerieren die meisten Erwachsenen es. Nun bin ich aber schon lange kein Kind mehr und ich lutsche immer noch. Das müsste mir peinlich sein. Ist es aber nicht. Ob wir Tiere uns schämen? Eher nicht. Schuldbewusstsein ist etwas für Hunde. Jedenfalls tun sie so. Ich bin sozusagen schamlos. Auch das trägt zu unserer Beliebtheit bei. Schamlos und ungehorsam. Alles was Menschen nicht sein dürfen, lieben sie an uns. Sie erinnern sich natürlich meistens noch an die Zeit ihrer Kindheit, in der sie das selbst waren, aber dann hat man es ihnen abgewöhnt. Um

Marni eine Freude zu machen, tue ich manchmal so, als hätte ich mir bestimmte Angewohnheiten abgewöhnen lassen. Sobald sie nicht hinschaut, mache ich es trotzdem. Zum Beispiel mich behaglich auf dem Tisch breitmachen. Inzwischen hat sie resigniert. Seitdem mache ich es seltener. Den Milchtritt werde ich mir auf keinen Fall abgewöhnen. Sie kennt sogar einen Erwachsenen, der nachts noch manchmal am Daumen lutscht. Das findet sie wunderbar und erinnert sich dabei an ihre eigene Daumenlutsch-Zeit. Kein Mensch versuchte es ihr abzugewöhnen. Vermutlich konnte sie deshalb leicht irgendwann darauf verzichten. Weil ich ein sogenanntes Findelkind bin, interpretiert sie meinen Milchtritt weniger als Beruhigungsmittel, sondern eher als Aufforderung, sich mit mir zu beschäftigen. Womit sie absolut richtig liegt. Puschi und Sin-Rabo haben andere Methoden, Aufmerksamkeit zu fordern. Sie miauen in allen Tonlagen. Das gefällt ihr zwar auch, aber den Milchtritt liebt sie mehr.

Inzwischen bin ich Sin-Rabo gegenüber freundlicher geworden. Ich kann sehen, was sie an ihm schätzt: Seine Unaufdringlichkeit, seine sanfte Art mit Puschi umzugehen, seinen typischen Manx-Katzen-Gang und nicht zuletzt die Tatsache, dass er bildschön ist. Ich gebe zu, er ist wesentlich schöner als ich. Sein rotes Fell mit den Tigerstreifen ist glänzend und seine bernsteinfarbenen Augen leuchten schon von weitem. Schade, dass ich nicht schwul bin. Aber eifersüchtig auf seine Schönheit bin ich auch nicht. Im großen und ganzen bin ich mit mir zufrieden. Abgesehen von vielen kleinen schwarzen Punkten rund um meine Lippen gibt es auch keine Schönheitsfehler. Die Punkte beäugt Marni von Zeit zu Zeit skeptisch, weil sie offenbar meint, es könnte sich um Anfänge einer Hauterkrankung handeln, zumal hin und wieder ein wenig Speichel aus meinen Mundwinkeln fließt. Sie weiß natürlich, dass ich manchmal Zahnprobleme habe. Unsere intensive Freundschaft begann erst dann, als sie mich – ich gebe zu gegen meinen Willen – zu der *veterinaria* schleppte, die mir zwei schlechte Zähne ziehen musste. Marni hatte erkannt, dass ich Zahnschmerzen hatte. Seitdem bin ich das, was Menschen uns auch abgesprochen haben: Ich bin dankbar. Dankbarkeit, ein großes Thema für sie. Dankbarkeit rangiert für sie gleich hinter Liebe, noch vor Glaube und Hoffnung. Im Gegensatz zu Liebe sei Dankbarkeit zu erlernen, meint sie. Zum Glück verzichtet sie im Moment auf eine Geschichte, die das belegt. Die Augen fallen mir zu, es ist Siesta-Zeit.

Oh je, die naive Bewässerungstherapie der vom Palmrüssler befallenen *palmera real* ist gründlich fehlgeschlagen. Da kichern tausende von Larven nur, meinte Carlos, ein gut informierter Spanier. Was helfen könnte, sei eine todsichere Vernichtung mittels Salzsäure. Außerdem gebe es eine hohe *multa*, falls die offizielle Palmrüssler-Vernichtungsbehörde erfahre, wie dilettantisch-naiv vorgegangen worden sei. Marnie weiß, dass ihre spanischen Nachbarn ebenfalls in Eigeninitiative den Krieg gegen den Palmrüssler führen und harrt der Dinge, die da kommen. Hausfreund Werner hat aus seiner verstorbenen Palme ein Kunstwerk gemacht, weiß lackiert, mit einer weißen Kuppel, die aufgrund der Sonnenwärme Energie speichert. Not macht erfinderisch. Ob der Palmrüssler es schafft, einmal alle Palmen zu vernichten, weiß man noch nicht. Zur Zeit sehen die jungen Palmen auf den Terrassen um die *casita* noch gesund aus. Ich bin nicht ganz gesund. Marni macht sich Sorgen. Von Zeit zu Zeit muss ich furchtbar würgen. Vielleicht ist auch nur die Wurmpille wieder fällig. Marni hasst es, ständig über Krankheiten nachzudenken oder sogar zu reden. Bei ernsten macht sie eine Ausnahme, aber das übliche Lamentieren ist ihr lästig. Das hat sich – *ojalá* – herumgesprochen. Im Zweifelsfall wechselt sie einfach das Thema. Die Dauerkläger freut das nicht. Den Satz: „Das freut mich net" hat sie von ihrer liebsten Wiener Freundin Isolde übernommen, die nun schon lange tot ist. Manchmal führt uns der Tod auf neue Lebenswege, zu neuen Menschen, sagt sie dann und verspricht mir, ausführlich von der Freundschaft mit Cristina, Isoldes Tochter zu erzählen. Damals hat sie Cristina in Mexiko besucht und durfte in dem einzigen für Isolde bereits fertiggestellten Raum des Buddhistischen Zentrums wohnen, das sie mit ihrem Lebenspartner gegründet hat. Direkt am Meer und circa 15 Kilometer von Acapulco entfernt. Cristina ist nicht nur jemand, der in vielen Sprachen spricht und alle Tiere liebt, sie ist auch Fliegerin. „Aber davon erzähl ich dir später", sagt Marni wie so oft und widmet sich der Idee, aus der abgestorbenen Palme ebenfalls ein Kunstwerk zu machen. Sie hat alle immer wieder auf Flohmärkten gekauften *lagartijas* gesammelt, malt sie gerade bunt an und heftet sie an den Palmenstamm. Die Palmrüssler-Larven hätten sicher die Salzsäure-Behandlung nicht überlebt, hofft sie. Ich habe mir gleich einmal an den angenehm weichen Schnittstellen die Krallen gewetzt. Wenn jetzt noch die Lantana camara in einem entsprechend großen Topf hoch oben thront, kann Marni mit dem Anblick der verstorbenen Palme leben, meint sie. Ein Palmengrab der besonderen Art. Passt gut zu den Gräbern ihrer Lieben. Aus Buri wächst übrigens auch eine Palme. Wenn der Rüssler sich auch die aussucht, erhält Buri ebenfalls ein Palmen-Kunstwerk. Sein Foto ist inzwischen reichlich vergilbt und das Abschiedsgedicht ist unleserlich geworden. Heute ist Palmen-Begehung. Jordi hätte das sehr gefreut, und wie ich Marni kenne inspiriert sie das zu einem Morgen-Gedicht. Richtig.

Ein unsichtbarer Zwerg

Gut sieht sie aus – die *Lantana camara*

Auf der verstorbenen Palme krönt sie

den dreißigjährigen Stamm – der ist und war

Weithin sichtbar

Auch nach dem Palmentod eine Naturharmonie

Ein Wunder an Symmetrie

Bunte *lagartijas* schmücken ihn

Ein von der Natur erschaffenes Kunstwerk

Und der Palmrüssler nur ein unsichtbarer Zwerg

Die Temperaturen in der *casita* sind bereits am Mittag auf 36° gestiegen. Ich lasse mich nach der Palmenbegehung erschöpft auf dem Stuhl vor dem Ventilator nieder. Zu warm, um mich bei ihr in der Schreibecke einzukuscheln. Sin-Rabo nutzt unsere Abwesenheit immer, um sich auf meinen Lieblingsplätzen breit zu machen. Ja doch, er ist klug, aber auch einsichtig, obgleich er immer noch nicht kastriert ist und sich bei Fremdkatzen-Besuch als Macho aufführt, ist er mir gegenüber fast untertänig. Das rate ich ihm auch.

Marni ist zur Zeit häufiger am Abend aushäusig. Bisher hat sie mir noch keine Einzelheiten erzählt. Am Morgen wachte sie gut gelaunt auf. Und nachdem sie mit ihrer Freundin Tamara lange am Telefon geschwatzt hatte, griff sie in der Schreibecke zu Stift und Papier. Auch für mich ein schöner Tagesanfang und ich äußere mein Wohlgefallen durch lautes Schnurren. Dann klapperte auch noch anschließend die Schreibmaschine, und so begann der Tag, wie sie es am liebsten mag, mit einem Gedicht:

Sie springt in die Freiheit

Nach einem Gespräch mit dir

Sehe ich dem Tag gelassen entgegen

Wandle Kindersprichworte ab und vertraue mir

Mit dir reden bringt Segen

Dein Vertrauen in das Leben

Überbrückt Raum und Zeit

Deine Stimme lässt Farben entstehen, die sich bewegen

Ich schaue deine Felsenfrau an und sehe: sie springt in die
    Freiheit.

Eine von Werners achtlos zur Seite geworfene, halb-vertrocknete Lantana camara hat Marni wieder aufgepäppelt. Biomüll und Erde, und ich staune: regelmäßiges Gießen. Gerade hörte ich, wie sie, die sich von ihren sympathischen französischen Gästen verabschiedete, mit denen sie einen gemütlichen Abend im 'La-Paloma' verbracht hatte, meinte: „Es gibt nicht so Vieles, was aufgrund des älter Werdens besser wird, aber zwei Errungenschaften gehören dazu: Ich sage, was ich denke, und ich tue, was ich will, unabhängig von Erwartungen und im Einklang mit dem wichtigsten Gebot: Was du nicht willst..." Sie nimmt nur Einladungen von Gästen an, die ihr gefallen – von den Offenherzigen. Wie man die erkennt? Keine Ahnung. Aber sie scheint da ihre Instinkte zu haben, die natürlich ganz und gar nicht vor Irrtum schützen, sagt sie und krault mich genau an den richtigen Stellen, eine Treffsicherheit, die ihr leider häufiger abhanden kommt, ich meine bei Menschen, und da spreche ich nicht vom Kraulen. Sie ist zwar mutwillig, aber ganz und gar nicht mutig. Die tollkühnen Geschichten, die sie mir von ihrem Jordi erzählt, jagen mir eher Angst ein. Eine musste sie mir dann doch erzählen:

Weil Jordi in seiner Kinderzeit in einem dänischen Lager nach der Flucht vor den Russen immer dafür gelobt wurde, wenn er unter dem Stacheldraht durchschlüpfte und Essbares klaute, nahm diese Lust am Klauen auch später in Zeiten des Wohlstands manchmal makabre Züge an. Mit einem armen Musiker auf der Insel erklärte er sich einmal bereit, einiges an brauchbaren Bauutensilien bei einer großen Baufirma einzukaufen und zu seiner gemieteten, kleinen Finca zu transportieren. Jordi hatte sich eine übergroße Rolle eines Gartenzauns auf die Schulter geladen und spazierte mit der Selbstverständlichkeit eines guten Kunden, der bereits gezahlt hatte an der Kasse vorbei, um sie auf das Dach seiner alten *furgoneta* zu laden. Der Musiker, der ebenfalls nicht zu den Schüchternen zählte, schaute voller Bewunderung auf den geglückten Klau. Marni weigerte sich daraufhin, mit Jordi in Großmärkten einzukaufen, weil sie nie wusste, wann ihn die Klaulust überfällt. Seine Doktorarbeit beruhte allerdings auf eigenen, legal erworbenen Erkenntnissen, wovon man heute auch in guten Politikerkreisen nicht ausgehen kann. Eine Katzen-Doktorarbeit würde sie gerne tippen, grinst sie dann. Ich fühle mich natürlich geschmeichelt. Denn von meiner Katzen-Hochschulreife bin ich überzeugt.

In der *casita* sind es 37°, die Klimaanlage verweigert ihren Dienst, und ich ziehe mich jetzt unter den *Sabina*-Baum zurück. Wie ich Marni kenne, flüchtet sie an die Cala Martina. Und richtig, sie greift zur Korbtasche.

*

Gerade zitiert Marni eine Autorin, die zur Zeit heftig umstritten ist, weil man nicht weiß, ob es sie wirklich gibt oder ob es auch ein Autor oder sogar mehrere sein könnten. Elena Ferrante ist das Pseudonym.

„… ich möchte das erzählen, was ich von mir und anderen jetzt und hier zu wissen glaube", schreibt das Pseudonym. „Schreiben ist ein großes Vergnügen", vertraut Marni mir an. „Während die Seiten sich füllen, entsteht ein zunehmendes

Gefühl von dankbar sein. Es ist fast so schön wie das, was ich früher Urlaub nannte. Das gilt vor allem für Gedichte, für Träume, für Geschichten, die sich einfach schreiben, ohne dass Zwang dahinter steht. Oft ist Schreiben schöner als Lesen. Und Lesen ist seit ich lebe die schönste meiner Entspannungsübungen. So wie für dich Schnurren", lacht sie dann und krault mich an den Stellen, an denen es sich am lustvollsten anfühlt. „Außerdem ist Geschichten-Erzählen wie eine Sammelleidenschaft. Man braucht nur sehr viel weniger Platz, sie anzuhäufen, und muss sie auch nicht verkaufen, wie in meiner Antiquitäten-Laden-Zeit. Du weißt, als Archibald als Blickfang im Schaufenster saß. Das Allervergnüglichste an der Art, wie ich Vergangenes zu ordnen versuche und gleichzeitig nur das aufzeichne, was sich der Ordnung entzieht, ist der Gegenwartsbezug. Nichts ist so, wie es zu sein scheint. Das Schreiben ist ein Eintauchen in die Unwirklichkeit mit realen Hilfsmitteln wie Stift und Pinsel."

Den Alltag genießen, heißt die Devise heute. Ich bin einverstanden. Nachdem sie eine *lagartija* aus der Regentonne gerettet hatte, schien sie dem Tag geruhsam entgegen zu sehen – mit Blick aus der Schreibecke in den Pinienwald. Ich schlummere schon wieder zu ihren Füßen, Sin-Rabos lautes Palaver stört mich nicht. Er scharwenzelt ständig um die Beine meiner Marni. Sie kann ihn leiden, aber ich bin ihr Favorit. Außerdem erzählt sie nur mir ihre Gedanken. Heute ist einer jener Ruhetage, die wir beide genießen. Dann fährt sie am Abend an die Cala Nova und träumt in den Sonnenuntergang. Ich genieße ihn auf dem warmen Dach des Elektrizitätshäuschens. Sin-Rabo liegt dann in gebührendem Abstand am Rande des Dachs.

Wir sahen uns zusammen noch einmal die Lantana camara in dem Terrakotta-Topf auf dem Palmdenkmal an. Passt in die Landschaft. Und – *quien sabe*[40] – vielleicht hat der Palmrüssler ja seine schlechten Erfahrungen weitergegeben. Wenn Pflanzen und Bäume ihre Kollegen vor Feinden warnen, laut Wohlleben, dann werden Käfer das wohl auch können. Die schönste *palmera real* ist die von Jordi zu seinem sechzigsten Geburtstag. Sie sieht noch gesund aus und hat den besten Platz auf dem unteren Terrassenrand. Neben Jordis Grab wächst eine ganz junge. Die interessiert den Palmrüssler noch nicht, zu wenig Nährstoffe für seine Larven.

*

Es mag an der Hitze liegen. Marni ist reichlich kraft- und energielos. Die frühen Morgenstunden gefallen uns. Wenn wir beide gefrühstückt haben, sitzt sie in der Schreibecke, ich ihr gegenüber und manchmal fange ich scheinbar grundlos an zu schnurren, meint sie. In Wirklichkeit mache ich das oft von

---

[40] wer weiß

ihrer Stimmung abhängig. Wenn sie melancholisch vor sich hin sinniert, genügt ein „hola Rojo" und ich antworte lange schnurrend und blinzle sie tröstend an. Wie ihr das gefällt! Heute kommt Werner, um die letzten Verschönerungsarbeiten an der vom Palmrüssler ermordeten Palme zu machen. Ich finde die bunten *lagartijas*, die sie angeheftet hat, etwas albern, aber wenn sie meint, das Palmendenkmal würde so erfreulicher aussehen, *de acuerdo*[41]. Werner hat sich beim Absägen all der Palmwedel große Mühe gegeben und sie hat ihn sehr gelobt. Er ist zur Zeit brummig. Marni macht dann einen großen Bogen um ihn, sonst muss sie sich seine Lamentationen ob der vielen harten Arbeit anhören. Ich hüpfe auch nicht mehr auf seinen Schoß. Da hilft nur: links liegen lassen, was im Zweifelsfall das Klagen noch verstärkt.

Mein Leben als Katz findet in der Gegenwart statt. Zukunft ist für mich ein Fremdwort. Marnis Vergangenheits-Geschichten gefallen mir, vor allem dann, wenn es um meine Vorfahren und um Jordi geht. Das Leben nach dem Tod gibt es, philosophiert sie gerade. Wir leben nach unserem Tod in der Erinnerung der Menschen weiter, die uns liebten. Erinnerungen an das Leben vor heute habe ich natürlich. Da suche ich mir aber nur die schönsten aus. Vielleicht verstehe ich sie deshalb so gut, wenn sie von dankbar sein spricht. Inzwischen

---

[41] einverstanden

ist es Mittag, und ich konnte wieder einmal dazu beitragen, dass sie dem Tag gelassener entgegensieht.

Apropos schöne Erinnerungen zulassen: Jordis Weiterleben nach dem Tod ist für sie Alltag. Seine Tierliebe und sein Humor waren in schwierigen Zeiten die stärkste Kraft. Eines von Jordis Lieblingstieren war der Biber. Erinnert wurde sie gerade daran, weil sie immer wieder begeistert Peter Wohllebens *Das Seelenleben der Tiere* liest. Der Biber gehört zu den monogamen Säugetieren. Ob Jordi das wusste, weiß Marni nicht. Sie suchen sich einen Partner fürs Leben und bleiben mit diesem bis zu zwanzig Jahre lang zusammen. Auch deren Kinder ziehen nicht um, sondern wohnen lange mit ihren Eltern in den gemütlichen Erdbauten nahe am Wasser, schreibt Wohlleben. Vielleicht liebte Jordi Bieber wegen ihrer Besonderheit „bis dass der Tod uns scheidet" zusammenzuleben. Ein Lebenstraum von ihm, trotz der Schwierigkeit mit der Monogamie – auch wegen ihrer Vorliebe, nahe am Wasser zu leben. Ich rechne schon fast mit einem Bieber-Gedicht. Und da ist es:

Der Bieber

Ein Baumeister ist er

Für seine Familie tut er alles

Baut Dämme und Wasserläufe kreuz und quer

Und im Falle eines Falles

Wird ein großer Baum nicht nur gefällt

Für seine Burg dient er als Baumaterial

Die Familie ist das höchste Gut seiner Welt

Und lebenslange Treue ist sein Ideal

Tauchen und Schwimmen ist sein Lebenselixier

Der Mensch hätte es fast ausgerottet – dieses Tier

Doch es ist ein Lebenskünstler, ein Widerstands-Über-
winder

Ein Wasserstraßen-Bauer und -Erfinder

Nichts wäre ihm lieber

Als Achtung und Respekt vor seinem Lebensraum, den er
genial gestaltet – der Bieber.

Marni jammert, die Euros, alle ihre Palmen impfen zu
lassen, habe sie nicht. Gestern machte sie eine makabre Entdeckung: Aus dem „Kunstwerk" krabbelten Palmrüssler! Was
sollen sie anderes tun, nachdem sie selbst das Palmenhaus zer-
stört haben. Wir Menschen machen nichts anderes als unsere
Naturwohnstätten auszurauben. Er sieht übrigens geradezu
hübsch aus, der Palmrüssler, ein wenig wie ein Maikäfer, nur

schlanker. Mit anderen Worten, die anderen Palmen werden ebenfalls Kunstwerke. Verbrennen ist absolut unmöglich in dieser Jahreszeit, und das Abtransportieren kostet ein Vermögen. Deshalb killen einige Ibizencos, wie Marni von der Nachbarin weiß, im Winter gesunde Palmen. Ich verstehe ihren Kummer und begleitete sie gestern bei ihren Rundgängen zu den anderen Palmen, die der Palmrüssler noch nicht in Besitz genommen hat.

*

Heute morgen musste sie, trotz der Palmenvernichtung durch den Rüssler, dichten. Dankbarkeitsgedichte nennt sie die dann. Die Leid-Gedichte sortiert sie zur Zeit aus. Die Leidenden nennen das Verdrängen und sind stolz auf ihre Lamentationen. Sie verdrängen nicht, sie meditieren. Einen glücklicheren Eindruck machen die Meditierenden nicht, meint sie. Dass ich das nur dir sage und es nicht mehr laut von mir geben muss im Kreis der Meditationserprobten spart Diskussionen und Energie. Ich will mich nicht loben, aber ein guter Zuhörer bin ich. Das könne man von den Meditationserfahrenen nicht unbedingt sagen, grinst sie abschließend. Ich mag es, wenn sie mich manchmal liebevoll Macho nennt. Schließlich war ihr Jordi auch einer, ein lernwilliger Macho. Was blieb ihm auch anderes übrig als praktizierendes WG-Mitglied in den 68igern und Kinderladen-Mitbegründer. Mich interessieren die alten

Zeiten schon, aber Marni meint, das würde den Lebensbegleiter-Rahmen sprengen und andere Buchseiten füllen. *De acuedo.*

Um noch einmal auf den Palmrüssler zurückzukommen: Ihr Verständnis für ihn hat sie nicht davon abgehalten, die herumkrabbelnden Exemplare zu töten. So sind die Menschen – auch die nicht unbedingt bösen. Als Katz ist Moral für mich nicht nur ein Fremdwort, ich gebe mir nicht einmal die Mühe, es zu verstehen. Sie sagt das auch nicht weiter. Denn unmoralische Lebewesen sind nicht sehr beliebt.

Heute gesteht sie mir etwas, was für sie immer eine große Rolle gespielt hat: Ohne die Lebensgeschichte des Kater Murr gelesen zu haben, hätte sie nicht den Mut besessen, mich zu ihrem Protagonisten zu machen. Inzwischen kenne ich mich ein wenig aus in Literatur- Geschichten und fühle mich geehrt. Ich, EI Rojo, bin wie Kater Murr ein Geschichten-Erzähler und kann – ohne Rücksicht auf literarische Formen – sagen, was mir in den Katzen-Sinn kommt, auch wenn es nur für die Katz ist.

Sie hat mich überlistet. Mit Fisch. Den stellte sie ins hintere Ende des Katzenkorbs. Klappte zu und dann fuhr sie mit mir zu Heike, der *veterinaria*. Sie war beunruhigt. Ich sträubte mich schon, aber nicht so heftig. Bei Heike verhielt ich mich relativ gelassen. Ich kratzte auch gar nicht, als sie mein Mäulchen inspizierte. Eine heftige Zahnfleischentzündung diagnostizierte sie. Zwei Langzeit-Antibiotika-Spritzen und alles

184

war vorbei. Die schwarzen Flecken auf meiner Unterlippe sind Pigmentstörungen. Auf der Rückfahrt jammerte ich kein einziges Mal. Und jetzt bin ich wieder zuhause. Marni erbat sich bei Heike einen großen Katzenkäfig mit aufklappbarem Deckel und wird morgen Manx hinbringen – zum kastrieren. Dann gehört er ganz zu uns, und die Katzenklappe wird ihm erklärt. Ich habe ihn schon mehr oder weniger akzeptiert. Er ist ein Kluger. Auch Puschi ist eine Exotin. Leider riecht sie nun einmal nicht gut. Weil sie gut genährt ist, ein glänzendes Fell hat und absolut keinen kranken Eindruck macht, will Marni sie auch nicht zu Heike schleppen, schließlich ginge sie auch nicht zum Arzt, nur weil sie mal nicht gut riecht, sagte sie mir.

Es stimmt, ich bin dankbar. Sie registriert das und lobt mich. Mir gefällt Lob. Es ist mir auch überhaupt nicht peinlich. Ich liege schon wieder zu ihren Füßen in der Schreibecke, der schönste Platz der Welt. Das findet sie auch. Ihre neue Mieterin, eine kanadische Yoga-Lehrerin, die Marni sehr sympathisch findet, nennt das *synchronicity*. Mit ihr hat sie Lust auf Gedankenaustausch. Sie ist ebenfalls eine Katzen-Närrin. Ich habe sie ausgiebig beschnuppert. Marnis Eindruck stimmt. Sie spricht Spanisch, kennt die Insel gut und sucht einen Inselplatz. Ich sehe, wie Marni sie in den Kreis ihrer potentiellen WG-Interessierten aufnimmt. Spannend. Offenbar wirkt das

Antibiotikum schon, es gibt auch keinen Mundwinkelspeichel mehr. Ich hätte mich wirklich nicht so anstellen müssen.

Karen, die Yoga-Lehrerin, ist wirklich äußerst sympathisch. Zuhause hat sie natürlich selbst Katzen und am liebsten würde sie mir Köstlichkeiten servieren, was sie auch schon tat. Aber Marni bat sie, mich nicht zu locken, denn spätere Gäste wären vielleicht keine Katzen-fans. Das versteht sie natürlich. Von Zeit zu Zeit besuche ich sie trotzdem. Marni muss ja nicht alles wissen.

*

Richtig gut fühle ich mich heute nach dem Besuch bei der *veterinaria*. Marni ist erfreut. Ich begleite sie auf Schritt und Tritt, auch zum alten Haus. Die neue Gästin hat wirklich große Katzenerfahrung. Die Art, wie sie mich krault – gekonnt. Marni palaverte lange mit ihr. Viel Übereinstimmung. Ich würde mich nicht wundern, wenn da eine Zusammenarbeit entstehen würde.

Marni konnte sich nicht entschließen, Sin-Rabo heute in dem von Heike geliehenen Käfig zum Kastrieren zu bringen. Es muss sein, sagt sie, verschiebt es aber auf Montag. Heute musste ich ihm leider eine runterhauen. Die Art, wie er inzwischen durch die *casita* spaziert, ist schon reichlich unverfroren. Auf der anderen Seite hat er Marnis Sympathie erworben. Er ist und bleibt der Zweit-Geliebte. Damit kann ich leben. Ich bin gespannt, wie lange er braucht, um die Katzenklappe zu benutzen, wenn Marni sie ihm erklärt hat.

*

Gerade bin ich mit Marni den *camino* bis zur Kurve heruntergegangen. Der Ast einer alten Pinie brach ab und hängt jetzt quer über dem *camino* zur Finca auf der Telefonleitung. Marni sucht telefonisch einen Hiwi. Das Telefon geht. Die Yogalehrerin, die nicht wegfahren kann, sieht es ebenso – Nachteile des Landlebens. Die Vorteile überwiegen.

Der Ast ist abgesägt und der Weg wieder frei. Die Telefonleitung hat nicht gelitten. Ich ziehe mich jetzt in den Schatten zurück. Seitdem Sin-Rabo sich einen Stuhl in der Außenküche als Ruheplatz ausgesucht hat, ist die Außenküche, obgleich es dort kühl ist, nicht mehr unbedingt mein Lieblings-Aufenthalts-Platz, es sei denn, es wird gekocht. Da fällt immer eine Köstlichkeit ab. Die teile ich mir dann mit den Eidechsen, die alle noch Schwänze haben. Mit anderen Worten, keiner von uns hat versucht, sie zu fangen. Was mich dazu herausfordert, ist nicht unbedingt die Lust, sie zu verspeisen. Es macht einfach Spaß, sie zu erwischen. Warum ich sie bei Erfolg nicht Marni als Geschenk bringe, wie hin und wieder bei einer Maus, weiß ich nicht. Die Mäuschen sind schon ganz schön dreist. Eine Kleine pflegt genüsslich aus Sin-Rabos Napf zu speisen und versteckt sich dann bei unserem Anblick unter dem großen, mit Wasser gefüllten Teller, der verhindert, dass die Ameisen sich in Scharen auf unsere Mahlzeiten stürzen. Das große Wasser können sie allerdings nicht überqueren. Auf dem Dreschplatz haben sie sich wieder ein unterirdisches Zuhause gebaut. Eine lange Ameisenstraße führt von der unteren Terrasse über einen steilen *sendero*[42] an der Terrassenwand zu ihrem Schlupfloch an dem sich rechts und links kleine Berge von ich-weiß-nicht was ansammeln. Marni steht oft fasziniert vor dem Eingang und ist beeindruckt von den Lasten, die sie in ihr unterirdisches Reich transportieren. „Und diese Zusammenarbeit", sagt sie dann voller Respekt, wenn ein Vorratssammelstück von dem doppelten oder dreifachen Umfang der eigenen Körpergröße kaum durch den Eingang passt. Natürlich höre ich mir interessiert an, was sie an Kuriosem über Ameisen erfahren hat. Zum Beispiel, dass sie in Kasten leben: Arbeiter, Weibchen, die Königin, Männchen, die nach der Paarung sterben, das weiß jeder. Aber stell dir vor, es gibt einige Arten, die Sklaverei betreiben. Sie entführen die Ameisenlarven anderer Arten und lassen sie später für sich arbeiten – seit über 100 Millionen Jahren. Königinnen sind meistens größer als die übrigen Mitglieder des Staates, dafür ist das Gehirn kleiner. Rückschlüsse auf andere in sozialen Gruppen zusammenlebenden Individuen sind zulässig, grinst sie.

---

[42] Pfad

Ich mache um den Hügel am Eingang zum unterirdischen Ameisenreich einen Bogen. Mein Interesse beschränkt sich auf größere Exemplare. So wie Marni tierlieb ist, bin ich menschenlieb. Allerdings schau ich sie mir schon vorher länger und genauer an. Bei der Yogalehrerin Karen war es Sympathie auf den ersten Blick.

Wie wohl ich mich fühle! Keine Zahnfleischentzündung mehr. Meine Dankbarkeit äußere ich in langen Schnurr-Kundgebungen. Das gefällt Marni am besten. In der Nacht schnurrte ich, bis sie eingeschlafen war. Und das dauerte, denn mitten in der Nacht klingelte das Telefon. Keine Nachricht auf dem Anrufbeantworter. Weil sie einen uralten Apparat hat, ist auch die Nummer nicht aufgezeichnet. Ich kuschelte mich in Bauchnähe ein und so entschlummerten wir.

Sin-Rabo wird freiwillig nicht in den von der *veterinaria* ausgeliehenen, großen Drahtkorb gehen, obgleich seine Lieblingsbreckies drin stehen. Das sehe ich schon. Also wieder – wie bei mir – ein Überraschungsangriff. Sie will einfach nicht, dass er die spanischen, nicht sterilisierten Mädchen schwängert. Sie kennt deren Schicksale: Man nimmt ihnen die Kinder weg und tötet sie. Damals konnte Chica ein Kind retten und brachte es zu Jordi und Marni in den Kleiderschrank. Chica war die scheueste ihrer Insel-Katzen, erzählt sie mir immer wieder und gleichzeitig die mutigste – neben Archibald. Sie möchte gerne alle ihre Katzengedichte in einem Katzen-

Gedichtband zusammenstellen. Sie ist gerührt von der Liebeserklärung einer Anny Duperey *Das* Glück, *von einer Katze gefunden zu werden.* Dieses Glück habe auch ich, sagt sie dann und schaut mich verliebt an – wie ich das genieße!

Ein ganzes Leben lang war und ist sie in uns verliebt. Sich zu verlieben hat sie nicht verlernt. Ich bin zwar eifersüchtig und besitzergreifend, aber ich möchte mit meinen zehn Jahren nicht ihre letzte Liebe sein.

Inzwischen weiß sie, wer gestern mitten in der Nacht angerufen hat. Es war eine ihrer alten Freundinnen aus der Vor-Insel-Zeit. Ihr Sohn starb bei einem Unfall. Marni, die bei Jordis Tod nicht weinen konnte, schluchzte zusammen mit Ute am Telefon. Trost bei Tod gibt es nicht. Und dann las Ute ihr um Telefon ein Gedicht von Hilde Domin vor. Ein Gedicht als Trost. Das ist eine der Gemeinsamkeiten. Und heute schickte Marni ihr das Lieblingsgedicht ihrer verstorbenen Freundin Isolde. Auch für sie damals ein Hauch von Trost:

Der Tod ist nichts

ich bin nur in das Zimmer nebenan gegangen

Ich bin ich, ihr seid ihr

Das, was ich für euch war

Bin ich immer noch

Gebt mir den Namen

den ihr mir immer gegeben habt

Sprecht mit mir

wie ihr es immer getan habt

Gebraucht nicht eine andere Redensweise

Seid nicht feierlich oder traurig

Lacht weiterhin über das

worüber wir gemeinsam gelacht haben

Redet, lacht, denkt an mich

betet für mich

Damit mein Name im Hause ausgesprochen wird

wie es immer war

ohne irgendeine besondere Bedeutung

ohne die Spur eines Schattens

Das Leben bedeutet das, was es immer war

der Faden ist nicht durchschnitten

Warum soll ich nicht mehr in euren Gedanken sein

nur weil ich nicht mehr in eurem Blickfeld bin?

Ich bin nicht weit weg

nur auf der anderen Seite des Weges.

(Charles Peguy)

Ich spüre Marnis unendliche Trauer wie eine Fortsetzung der Trauer vor sieben Jahren nach Jordis Tod. Auch danach waren Gedichte wie ein Blick ins Licht. Deshalb las sie mir eines ihrer damaligen Gedichte vor:

Wieder sind Gedichte wie ein Blick ins Licht

Wieder begleiten sie mich, vor allem in der Nacht

Geben mir Halt und Zuversicht

Sind wie ein guter Geist, der wacht

Der mir hilft, meine Trauer in Worte zu fassen

Sie zu wiederholen, behutsam ohne Hast

Um sie dann loszulassen

Und neue Hoffnung zu finden, fast

wie in der Ruhe nach einem Erdbeben

In der stummen Unbegreiflichkeit

Der Tod ist wie ein Beben, wie ein Leben

In seiner Einmaligkeit

Für uns, die wir überleben

Bleibt nur Fassungslosigkeit

Und ganz allmählich Dankbarkeit

Für die Gnade, plötzlich und ohne Schmerzen

eins zu werden mit allem Dasein, in Ewigkeit.

Ich weiß, dass unsere tiefe Verbundenheit mit dem Tod von
Jordi zusammenhängt und Marnis Unfähigkeit, sich danach
auf Menschen einzulassen – bis sie Tamara ihre Herzenstür
öffnete. Nicht zufällig war Tamara einmal die Lebensgefährtin
von Jordis bestem Freund Ulrich. Und nicht zufällig ist Tamara
eine Katzennärrin. Ihre beiden Atelier-Katzen sind Italiener.
Marni meint, sie würden uns bestimmt einmal hier auf unserer
Insel besuchen beziehungsweise mit uns zusammenleben. Wie
ich mich kenne, kann ich heute nicht wissen, ob sie mir gefall-
en werden. Marni sagte gerade: Am Ende des Buchs *Das Glück
von einer Katze gefunden zu werden* hat Anny Duperey Sätze
geschrieben, die von Nicht-Tierliebenden mit Sicherheit als
kitschig eingestuft werden: „… es gibt Wesen, die nur Gutes
und Schönes hinterlassen. Sobald man den Schock ihres Todes
überwunden hat, werden sie zu einer zärtlich verklärten Erinnerung, die Trauer um sie ist süßes Leid." Genau das würde sie
empfinden, wenn sie an Felino denken würde, und der war ein
Hund. An Chica und Erizo kann sie immer noch nicht denken,
ohne dass ihr die Tränen kommen. „Ich weiß Rojo, du sagst es
nicht weiter", meint sie dann, „es gibt Zeiten, da sind mir die
Tiere lieber als die Menschen."

*

Heute war Marni beim Anblick von Puschi völlig entsetzt.
Schon lange sitzen wir überall, wo es uns gefällt. Puschi zum
Beispiel in der Spüle. Marni dachte, weil es dort kühler ist.
Heute sah sie, dass Puschi eindeutig in Pinkelstellung dort saß.
Sie pinkelte in der Spüle, obgleich es draußen weit und breit
die schönsten Pinkelplätze gibt.

Natürlich wissen wir nicht, wo und wie sie früher gelebt
hat. Vielleicht war sie einmal eine Stadtneurotikerin. Ein Mensch brachte sie mit auf die Insel und ließ sie einfach da als er
wieder in sein geordnetes Stadtleben zurückkehrte. So sind sie
– viele Menschen. Sie legen sich schöne Exoten zu – schön ist
die langhaarige Puschi mit ihrem Eichhörnchenschwanz –und
wenn sie genug davon haben, überlassen sie sie ihrem Schicksal. Vielleicht hat Puschi sich aber auch vorher selbst ein anderes Zuhause gesucht so wie Sin-Rabo. Dem traut Marni das
zu. Aber Puschi? Sie hat keine Ahnung, wie sie ihr das Pinkeln
ins Spülbecken abgewöhnen kann. Sie wird es einfach abdeck-
en müssen. Zur Zeit stehen in beiden Becken Schalen mit
Rosmarin und Salbei. Mir konnte sie zwar auch nicht
abgewöhnen, auf dem Küchentisch zu sitzen. Aber ins Spülbecken zu pinkeln, darauf käme ich wirklich nicht. Ich bin
eben nicht neurotisch, nur eigenwillig. Und Eigenwille schützt
vor Neurosen, lacht sie. Dann versucht sie, mir ihren erfreulichen Traum von heute nacht zu erzählen.

„Vor mir ist eine riesengroße Leinwand, die zum Teil schon bemalt ist. Die bereits dargestellten Szenen sind sehr bunt und teilweise abstrakt, und in vielen Formen erkenne ich Tiere. Ich versuche die Umrisse deutlicher hervorzuheben und stelle fest, dass ich zu viel Schwarz verwende. Schwarz und rot fehlen auf meiner Farbpalette ganz. Ein kleines gelbes Ungeheuer entsteht, und ich sehe, dass es total von den bereits vorhandenen, harmonischen Farb- und Form-Kompositionen abweicht. Je mehr ich mich bemühe, es einzufügen, umso großflächiger wird es. Ich versuche, es aufzuteilen, anzupassen, farblich abzustimmen, aber gelb dominiert und die schwarzen Umrisse werden immer mehr zu Bergen. Wenn schon eine Landschaft, dann eine mit Meer, denke ich und tauche den Pinsel tief in den blauen Farbtopf. In dem dunklen Grün, das entsteht, kann ich Tierumrisse erkennen, aber weit und breit keine Menschen."

Während ihr die Alpträume immer mit vielen Einzelheiten im Gedächtnis bleiben, entgleiten ihr die, in denen es erquicklich zugeht – wie im Wachzustand eben. Leidvolles scheint genüsslicher zu beschreiben zu sein, meint sie dann. Jetzt kommt sicher wieder eine ihrer langen Überlegungen, die sich mit Widersprüchen auseinandersetzen. Nein doch nicht. Richtig, sie muss mit Sin-Rabo zur *veterinaria*, schließlich hat sie sich extra den großen aufklappbaren Drahtkäfig ausgeliehen. Ein scheußliches Ding. Es wird ihr auch gelingen,

Sin-Rabo hinein zu bugsieren. Ich habe schon meine Zuhör-Position in der Schreibecke eingenommen, so wie sie es liebt bei ihrem morgendlichen Schreib-Handwerk. Ohne mich würde ihr nichts einfallen, sagt sie, denn schließlich sei sie nur eine Tagebuch-Schreiberin. Das NUR ist ihr Problem. Aber was wäre Schreiben ohne Problem? Oh je, richtig. Heute ist Mittwoch, und am Mittwoch kommt Werner. Den muss ich immer begrüßen, auch wenn er sich nichts aus Katzen macht. Oder vielleicht deshalb?

Sie hat beschlossen, doch noch einmal *Kater Murr* zu lesen, was sie das letzte Mal vor fünf Jahren machte. Das weiß sie deswegen so genau, weil zu diesem Zeitpunkt Sohn Markus zwei kleine Katzen von der Insel mit nach Hause nahm und sie die ersten drei Wochen der beiden festhalten wollte – aus Katzen-Findlings-Sicht. Kater Murr gab ihr die Sicherheit, das tun zu dürfen. Dieses Selbstvertrauen hat sie bisher nicht mehr verlassen. Nur so sind wir beide in unsere Rollen hineingewachsen. Sie musste allerdings auch auf mich warten. Nicht jede Katz hat Kater-Murr-Qualitäten. Ich habe sie.

*

Marni hat beschlossen, meine Tagebuchaufzeichnungen zu veröffentlichen. Die Gründe hat sie mir noch nicht verraten. Natürlich werde ich weiter meine Gedanken festhalten – es muss ja nicht unbedingt in Buchform sein. Wenn sie *Kater*

Murr zu Ende gelesen hat, muss sie mir einige Kostproben aus seinen Lebensansichten vorlesen. Auch nach dem Wieder-Lesen – zwei Mal lesen kommt bei ihr eher selten vor, aus Zeitmangel meint sie – ist sie fasziniert von Kater Murrs Bildungshunger. Zum Glück bist du ein Nachfahre der Hippies auf der Insel, sagt sie, und das Spießbürger-Katerleben ist dir erspart geblieben. Gemeinsam mit Kater Murr hast du nur das Selbstbewusstsein, und dann streichelt sie mich liebevoll. Kein einziges Mal hat sie mich bestraft, auch nicht mit Liebesentzug, der Höchststrafe. Ja, doch, noch eine Gemeinsamkeit: wir übertreiben ein wenig. Murr ist auf jeden Fall überheblicher als ich. Ob Bildung überheblich macht? Aber er dichtet. Und das gefällt Marni natürlich sehr. Und sie liest mir aus einem Kater-Sonett vor:

…Liebe schwärmt auf allen Wegen

Freundschaft bleibt für sich allein

Liebe kommt uns rasch entgegen

Aufgesucht will Freundschaft sein…

Ein lyrisch gebildeter Kater, dieser Murr. Sein Freund Ponto, der Pudel, ist ein Lebenskluger, weniger gebildet. Sie ist völlig entzückt von seinen Belehrungen, die er Murr zuteil werden lässt.

„…Der Lebenskluge muss es verstehen, allem was er bloß seinetwegen tut, den Anschein zu geben, als täte er es um anderer willen, die sich dann hoch verpflichtet glauben, und willig sind zu allem was man bezweckte. Mancher erscheint gefällig, dienstfertig, bescheiden, nur den Wünschen anderer lebend und hat nichts im Auge, als sein liebes Ich… Es liegt nun ein mal in der Natur, dass man im Winkel ganz anders handelt als auf offener Straße. Übrigens ist es auch ein aus tiefer Weltkenntnis geschöpfter Grundsatz, dass es ratsam ist, in Kleinigkeiten ehrlich zu sein…"

Murr glaubte gelesen zu haben, ein jeder müsse so handeln, dass seine Handelsweise als allgemeines Prinzip gelten könne, und bemühte sich vergebens, dies Prinzip mit Pontos Weltklugheit in Übereinstimmung zu bringen.

*

Marni hat sich große Sorgen gemacht. Auf die Spritze der *veterinaria* habe ich mit einer Art Allergie reagiert. Eine Mischung aus ständigem Niesen und Schluckauf, eine ganze Nacht lang konnten wir nicht schlafen. Schließlich brachte Marni mich ins BB-Zimmer und sagte, sie werde morgen mit mir zu Heike fahren, Notdienst-Termin ausmachen, denn Samstags ist die Praxis geschlossen. Dann, am frühen Morgen, wurden Schluckauf und Niesen weniger, und gegen Mittag schleckte ich mit Genuss mein Schüsselchen leer. Die Zahnfleischentzündung hat sich gebessert. Marni hat sich geschickt Maul-Einblick verschafft. Der gräßliche Käfig steht immer noch da. Nur mit seiner Hilfe – da die Klappe nach oben geöffnet werden kann – hat sie es geschafft, Manx zum Kastrieren zu bringen. Der ist, wie nicht anders zu erwarten war, Marni umschnurrend und nicht nachtragend. Ich habe mich jetzt in der Bettdecke eingekuschelt und genieße die Zuwendung als Rekonvaleszent.

Sie hat mir gerade Zeilen aus Kater Murr's romantischem Liebesgedicht an Miesmies vorgelesen. Noch mehr Vergnügen machte ihr Murr's Beschreibung, wie es zu dem Liebesgedicht kam: „…Sollte jemand über die hohe Vortrefflichkeit obiger Verse zu sehr in Erstaunen geraten, so will ich bescheiden ihn darauf aufmerksam machen, dass ich mich in der Ekstase befand, in verliebter Begeisterung und nun weiß jeder, dass jedem, der vom Liebesfieber ergriffen, konnt er auch sonst kaum Wonne auf Sonne, und Triebe auf Liebe reimen und so weiter."

„Dieser Kater Murr ist ein so herrlich überheblicher Spießbürger", sagt sie und kann gar nicht aufhören, weiter vorzulesen: „…dass ich aber wirklich Reime fand, bewies mir aufs neue den Vorzug meines Geschlechts vor dem menschlichen, da auf das Wort Mensch sich bekanntlich nichts reimt, weshalb, wie schon irgendein Witzbold von Theaterdichter bemerkt hat, der Mensch ein ungereimtes Tier ist…"

Heute haben Manx und ich das erste Mal nicht weit voneinander in Marnis Schreibzimmer geschlafen. Die Energie, ihn wegzuscheuchen, fehlte mir. Und er nutzte das gleich aus. Oder beginnt jetzt einfach die Zeit des friedlicheren Zusammenlebens? Immer noch ist Marni völlig hingerissen von den Lebensansichten des Kater Murr und würde mir am liebsten die ganze Geschichte des Duells zwischen Murr und dem Bunten vorlesen. Der Bunte hatte ihm seinerzeit seine Liebste, Miesmies, weggenommen und sein Freund Muzius legte ihm nahe, sich mit ihm zu duellieren, in einem Drei-Sprünge-Duell. Nach dem Duell, aus dem er als Sieger hervorging, stellte er befriedigt fest: „...und so sehr mich auch Ohr und Pfote schmerzten, machte ich mich im Hochgefühl des errungenen Sieges, der gestillten Rache für Miesmies' Entführung und erhaltene Prügel, auf den Weg nach Hause". Wie Murr dann später die Trauerrede des ins Reden verliebten Kollegen Hinzmann beschreibt bei der Totenfeier seines Freundes Muzius und wie er sich bei der Gelegenheit in eine der schönen Töchter seines Freundes verliebt – Marni ist hingerissen. Dass die Schöne in Wirklichkeit seine eigene Tochter ist, wie er im Laufe der langen Trauerfeierlichkeiten von seiner Ex-Geliebten Miesmies erfuhr, die ein heimliches Verhältnis mit seinem Freund hatte – wundervoll! Ich finde zwar, Murr packt zu viel seines angelesenen Wissens in seine gefühlvollen Geschichten, aber Marni muss endlos weiter vorlesen. Und dann gefällt es mir natürlich auch. Wie könnte es anders sein. „Oh Schwachheit, dein Name ist Katz", seufzt Murr.

*

Der heiße Sommer geht zu Ende und Marni macht abends wieder ihre Waldrundgänge. Ich begleite sie bis zu dem Stein vor Marilenas Haus und warte dort bis sie nach etwa einer Stunde wieder zurückkommt. Wenn sie unterwegs einen Schwatz hält und es später wird, gehe ich zurück bevor es dunkel wird oder die Stimme des Hundes des *taxista* vom Berg zu hören ist. Den verscheucht Marni von unserem Grundstück, denn der hat kein Herz für Katzen, und dann muss sie mir unbedingt von Murrs Freundschaft mit Ponto erzählen. Nicht ohne mir vorher noch das lange Gedicht anlässlich der Trauerfeier seines Freundes Muzius vorgelesen zu haben, das den Übergang von Leid zur Freude mit poetischer Kraft und Wahrheit schildert. „…Die Göttlichkeit der Poesie offenbart sich vorzüglich darin, dass das Versemachen, kostet auch der Reim hin und wieder Schweißtropfen, doch ein wunderbares inneres Wohlbehagen erregt, das jedes irdische Leid überwindet…" Murr schließt sein Gedicht im Angedenken seines Freundes Muzius mit dem Vers:

Ja Kunst! Du Kind aus hohen Sphären

Du Trösterin im tiefsten Leid

Oh! Verslein lass mich stets gebären

Mit genialer Leichtigkeit.

Ich hätte so gerne etwas von Murrs genialer Leichtigkeit. Aber zurück zu seiner Freundschaft mit Pudel Ponto und seiner bescheidenen Einstellung seine literarischen Fähigkeiten betreffend. „…Verse sollen in dem in Prosa geschriebenem Buche das leisten, was der Speck in der Wurst, nämlich hin und wieder in kleinen Stückchen eingestreut, dem ganzen Gemengsel mehr Glanz der Fettigkeit, mehr süße Anmut des Geschmacks verleiten…"

Sin-Rabo ist kastriert. Auch Heike fand ihn liebenswert. Der Name Sin-Rabo ist wirklich zu prosaisch. Sie will ihn jetzt immer Manx nennen. Das scheint ihm zu gefallen, denn er kann gar nicht aufhören in allen Tonlagen zustimmend zu miauen. Nun muss ich mit ihm zusammenleben, und demnächst zeigt sie ihm auch, wie die Katzenklappe funktioniert. Meine Anhänglichkeit nach der Zahnfleisch-Behandlung registriert sie und freut sich. Sie will noch in diesem Jahr meine Tagebuchaufzeichnungen von Chris in Buchform bringen lassen „Rojos Tagebuch" (Untertitel eventuell: Liebeserklärung) wird sein Titel sein. Ich würde über meinen Tod hinaus weiterleben, sagt sie. Das interessiert mich nicht besonders. Jetzt lebe ich, und zwar sehr privilegiert mit meiner Menschen-Freundin. Ich liebe ihre Übertreibungen beziehungsweise Euphemismen. Die hat sie von Jordi übernommen und gibt mir ein Beispiel: Jordi wollte seinem geliebten Buri keinen Flug zumuten und beschloss, mit ihm und vielen kleinen und großen Umzugsgütern mit dem Auto auf die Insel zu reisen. Buri hatte auf dem Rücksitz gerade so viel Platz, dass er sich ausstrecken konnte, also ziemlich viel. Ihm war alles recht, solange er in Duft-Weite eines Herrchens war. Natürlich wusste er nicht, dass die Reise zwei Tage und Nächte dauern würde. Deshalb sagte Jordi gleich hinter den Elbbrücken: „Buri, wir sind gleich da", und das wiederholte er so oft es sein musste. Und es musste vor allem auf der Barcelona-Fähre oft sein. Jordi schlich sich heimlich und natürlich unerlaubt in den Fahrzeug-Bereich des Schiffs, um seinem Buri diesen beruhigenden Satz zu wiederholen. Marni würde auch mir keine Flugreise zumuten, obgleich ich sie schon gerne begleiten würde, auf der Reise in ihr altes Elternhaus. Ich vertraue ihr blind. Das Vertrauen ist unaufhaltsam gewachsen und jetzt ist es Bestandteil unserer Freundschaft und Lebensgemeinschaft. „Ohne Vertrauen keine Liebe", sagt sie, und ich schnurre bestätigend.

Manx lässt sich gerade nicht blicken. Na ja, er muss den Schock der Kastration erst einmal überwinden. Sie sah ihn langsam den *camino* hinuntergehen, machte sich aber keine Sorgen. Er wird zurückkommen.

Die Morgenstunden sind mir die liebsten. Da sitze ich ganz nahe bei ihr in der Schreibecke und weiß, so geht das jetzt eine

Weile weiter. Mein Zeitgefühl ist nicht besonders ausgeprägt. „Das kommt mir bekannt vor", meint sie, die wieder einmal mein zufriedenes Ganz-Nahe-Dabei-Sein als Zustimmung deutet. Im Deuten ist sie geübt. Das muss sie auch. Denn ohne Deutung wären ihre kuriosen Träume purer Unsinn. Weil sie in Träumen einen Sinn sieht – seit ihrer Kindheit – gelingt es ihr auch manchmal, die Träume ihrer Lieben passabel zu deuten. Das lieben die Lieben. Und sie liebt Sinn-Suchen. So ergänzen wir uns, denn meine Suche besteht mehr im praktischen Suchen und Finden. Heute zum Beispiel fand ich wieder einmal ein Geschenk für sie: ein wirklich sehr kleines Mäuschen. Weil ich weiß, dass ihr lebende Geschenke lieber sind als tote, deponierte ich es unter dem runden Esstisch. Ich verzehre schon lange keine Mäuse mehr. Trockenfutter schmeckt einfach besser. Aber von Zeit zu Zeit muss ich mir beweisen, dass die Selbstversorgung noch funktioniert. Ganz abgesehen davon, dass es mir gefällt, ihr Geschenke zu machen. Ich scheine nicht der Einzige zu sein, der Geschenke macht, die dem Beschenkten nicht unbedingt gefallen. In Marnis Insel-Freundschafts-Kreis gibt es eine zuweilen Beschenkte, die Marni wissen ließ: „Du bist die Einzige, die gelesene Bücher verschenkt." Sie, die Beschenkte, legt großen Wert darauf, dass verschenkte Bücher noch in der Klarsichthülle stecken. Ich bilde mir ein, dass meine Geschenke auch klar ersichtlich sind. Aber natürlich kann man eine Maus nicht mit einem

Buch vergleichen, obgleich es Bücher zu geben scheint, die für Menschen so unentbehrlich sind, wie für uns Katzen die Mäuse. So ist das, wenn man seinen Gedanken freien Lauf lässt, meint sie, meistens wird ein Unsinn-Freilauf daraus. Solange die täglichen zwei Seiten nicht gefüllt sind, ist sie für den Unsinns-Beitrag meinerseits dankbar.

Mit Manx verstehe ich mich ein wenig besser, seit er kastriert ist. Nicht dass sich an seinem Verhalten grundsätzlich etwas verändert hätte, er ist nur, wie soll ich sagen, häuslicher geworden, setzt nicht mehr diese speziellen Duftmarken und gehört jetzt zu unserer *casita*-Wohngemeinschaft. Ich gebe mir Mühe, mich an seinen Dauer-Anblick zu gewöhnen, Marni zuliebe. Wenn ich schnurrend neben ihr sitze, ist die Welt in Ordnung. „Heute schaue ich mir keine Nachrichten an", sagt sie gerade. Stattdessen reimt sie ein wenig. „Wer der Welt Gedichte schenkt, nicht an Weltgeschichte denkt", denkt sie bestimmt. Und natürlich liest sie mir den Entwurf vor:

Ein Schimmer von Glück

Einfach nur dazusitzen

Während der Blick auf die Yuccapalmen-Blüten fällt

Und auf dem Dreschplatz die Eidechsen flitzen

Ist ein Morgenvergnügen in der kleinen Insel-Welt

Dem Tag entgegen zu sehen

Mit Zuversicht im Blick

Ist einmal abgesehen

Von der Gunst des Augenblicks – ein Schimmer von Glück

*

Ja, es sind Refrains. Sie sind ein Tagesbeginn, wie er uns gefällt. Später trifft sie ihre Freundin Christiane, die mit einem kleinen Bus gestern auf der Insel ankam, um für ihre Schweizer Freundin einen Umzug zu machen. Sie hat ihr nicht nur einen Fernseher mitgebracht sondern auch Köstlichkeiten für mich. Christiane ist Tier-Fan. Ihr origineller Hund Bobo, von dem Marni schon viel erzählt hat, war ein Freund von Felino. Und natürlich sind Felino und Bobo immer Gesprächsthemen, wenn es um Vergangenheitsgeschichten geht. Marni ist von Christianes Einsatz für ihre Freundin immer wieder voller Respekt. Christiane hat von Mama ein schönes Haus in Deutschland geerbt und musste sich entscheiden: Die Insel oder Deutschland. Im Gegensatz zu Marni entschied sie sich für Deutschland. Marni liebt ihr altes Elternhaus in Deutschland, kann sich aber nicht vorstellen, dorthin zurückzukehren. Wie schön für mich!

Die strahlend weiß blühenden Yucca-Palmen sind ein Traum, schwärmt Marni. Am längsten blühen die über dem *pozo negro.* „Das war sehr weise von dir, Jordi", sagt sie dann, „die Yucca dort einzupflanzen, über der Abwassergrube." Mir gefallen ihre Gespräche mit Jordi. Heißt es doch, die Kommunikation besteht über den Tod hinaus. Ich kommuniziere lieber mit den Lebendigen. Manx bietet mir täglich seine Freundschaft an. Er begreift, dass ich auf dem Weg bin, sein Angebot anzunehmen. Wir Tiere sind auch nur Lebewesen wie die Menschen, die sich Zeit lassen, wenn es um Gefühle geht.

*

Die Tage werden kühler, und ich halte mich jetzt lieber wieder in der *casita* auf. Seitdem der Schwanzlose kastriert ist, scheint er zu uns zu gehören. Ich gebe mir Mühe, freundlich zu ihm zu sein, weil ich weiß, dass Marni das möchte. Ich gebe auch neidlos zu, er ist umgänglich und scheint einen guten Charakter zu haben. Manchmal liegen wir sogar zusammen auf dem Dach des Elektrizitäts-Häuschens – in gebührendem Abstand natürlich. Das freut Marni sehr, denn Chica und Erizo lagen dort auch immer bei Sonnenuntergang, wenn die Steine noch angenehm warm waren, allerdings ganz dicht beieinander. So wie Marni da sitzt mit Papier und Stift, wird sie bestimmt wieder einmal reimen müssen. Und richtig, sie liest es mir vor, das Morgengedicht:

Gut Ding will Weile haben

Manx heiß ich – jetzt gehöre ich dazu

Nachts schlafe ich in der Außenküche

Marnis Bett ist noch tabu

Sie kennt meine kleinen Tricks und Schliche

Und weiß meine Bescheidenheit zu schätzen

In Wirklichkeit weiß auch ich genau was sie will

Unter anderem lange und ausführlich mit zu schwätzen

Puschis zeitweises Geplärr ist ihr zu schrill

Als Manx habe ich keinen Schwanz

Dafür eine sanfte Stimme und ein rotglänzendes Fell

Mit anderen Worten eine Katz ganz

nach Marnis Geschmack – dazu noch höchst originell

Mit Rojo verstehe ich mich inzwischen recht gut

Manchmal darf ich mich an einigen seiner Breckies laben

Dabei bin ich immer noch auf der Hut

Gut Ding will Weile haben.

Nach einem heftigen Gewitter mit ganz viel Regen ist Marni fröhlich. Sie schlurft zufrieden um all die Pflanzen auf den Terrassen, und ich dackle hinterher. Die Gewitternacht war insofern aufregend, als Manx das erste Mal drinnen schlafen durfte. Leider musste ich ihm, als er aufgeregt durch die *casita* tigerte, eine runterhauen. Das machte Lärm. Vermutlich hat er Angst vor Gewitter. Chica hatte das auch und verkroch sich immer in den dunkelsten Ecken. Er schläft übrigens in Chicas Körbchen unter dem Gästebett. Mir soll das recht sein und Marni hat auch nichts dagegen.

Mir gefällt der Herbst. Die meiste Zeit halte ich mich jetzt in der *casita* auf, am liebsten natürlich in der Schreibecke zu ihren Füßen. Irmelischka, die sich für ein paar Tage von all ihrem Trubel zuhause zurückziehen wollte, hatte einige Tage im Wohnwagen eingeplant. Sie wäre allerdings mit Mia gekommen. Und ich bin immer skeptisch, wenn es von Hunden heißt, er oder sie mag Katzen. Frieda – Irmelischka trauert immer noch um sie – hat uns ganz schön gescheucht. Schnurrend höre ich mir Marnis Morgengedicht an:

Herzens-Heimat

Das Leben bleibt spannend

'Solange man lebt, weiß man nicht, was noch

geschehen kann' (Antal Szerb)

Zwischen Drama und Happy-End

Geschieht das, was der Mensch Zufall nennt

Hin und wieder Realitätsflucht muss sein

Solange es für uns da ist – unser Daheim

Mit Menschen und Tieren, die wir lieben

Auch die, die in der Erinnerung weiterleben sind in

unserer Herzens-Heimat geblieben.

Der Neue wird langsam sympathisch. Er ist ängstlicher als ich dachte. Aber auch friedfertig. Sein Lieblingsplatz ist, wie gesagt, Chicas Körbchen. Das Badewannenzimmer, in dem die Katzenklappe ist, ist ihm immer noch nicht ganz geheuer. Meine Marni umschmust er, laut schnurrend. Er ist redefreudiger als ich. Das gefällt ihr. Gestern strolchte ein kleiner Grauer durchs Gebüsch. Oh je. Nicht schon wieder einer. Das scheint sie auch zu denken, denn sie stellt die Schale mit dem Trockenfutter jetzt vor die Katzenklappe – drinnen.

Marni ist verdrießlich. Ich begleite sie auf Schritt und Tritt. Heute nacht habe ich lange und laut in der Bauchkuhle geschnurrt. Ich weiß, das ist einschläfernd. „In zwei Wochen muss ich endlich die Entscheidung treffen, mein altes Elternhaus meinem Neffen zu über-lassen!", sagt sie traurig. Bisher hoffte sie immer noch auf ein Wunder, beziehungsweise einen potentiellen Mieter. Wundergläubig zu sein ist nicht zwangsläufig wunderbar. Noch gibt es keine Anzeichen für die Reise, kein aufgeklappter Koffer oder ähnliches. Seit Tagen bemüht sie sich, Manx die Katzenklappe zu erklären. Eigentlich ist er schlau, aber auch ein Schisser. Selbst Puschi hat sie schneller benutzt, und die ist auch nicht die Mutigste. Im Vorbeigehen hebe ich manchmal spielerisch meine Pfote. Das reicht. Marni gefällt das überhaupt nicht. Aber ich kann es nicht lassen. Wenn ich ehrlich bin, weiß ich selbst nicht, was genau ich an ihr nicht leiden kann. Selbst Manx gegenüber bin ich nachsichtiger. Auch sie rätselt schon lange über die Gründe meiner Abneigung. Sie ist schön, sie ist sanft, freundlich und anhänglich. Aber sie riecht einfach nicht gut. Das allein kann eigentlich nicht der Grund sein, ihr im Vorübergehen oft eine zu wischen. Immerhin schlafe ich manchmal auf der Decke des Gästebetts neben ihr. Es ist ihr Lieblingsplatz, manchmal voller langer, schwarzer Haare. Wie kann man nur so langhaarig sein! Ich bin mit meinem kurzen roten Fell sehr zufrieden. Neidlos gebe ich zu, dass das von Manxi glänzender ist. Aber diese Schwanzlosigkeit – *nobody is perfect*. Seltsamerweise kann Manx Puschi auch nicht besonders gut leiden. Um mich bemüht er sich.

*

211

Seit längerer Zeit klappert die Schreibmaschine wieder einmal. Ein gutes Zeichen. Auf mich wirkt das einschläfernd. Heute ist Sonntag, und da klappert die Maschine immer mit Unterbrechungen. Am Sonntagmorgen schickt Catalina Wasser. Beide Zisternen werden gefüllt und ich muss Marni dann begleiten beim Umstellen der Leitung, die im Tal ist. Wenn im alten Haus katzenfreundliche Gäste sind, mach ich einen kleinen Schlenker durch die *sala*. Ich weiß, dass Marni es nicht gerne sieht, wenn sie mich mit einem Leckerli verführen. Bei der kanadischen Yogalehrerin, inselerfahren und ein bisschen verliebt in mich, drückte sie ein Auge zu. Die Yogalehrerin hat zuhause selber Katzen, was ich natürlich riechen konnte. Am Abend trinken sie manchmal ein Glas Wein zusammen, und natürlich steht dann für mich eine Schale Milch, nicht auf, sondern unter dem Tisch bereit. In der Hängematte in Hörweite gibt dann ihr dicker Freund von Zeit zu Zeit zufriedene Grunzlaute von sich. Gastspiele wie diese sind eher die Ausnahme. Ich bin gerne im alten Haus. Es ist mir durch all die alten Geschichten vertraut, die Marni mir immer wieder erzählt. Manchmal kann ich Archibald, Chica und Erizo immer noch riechen. Vor allem hinter dem alten Sekretär und der Standuhr. Auch in den Wäscheraum gehe ich zu gerne mit. Da sei einmal Felinos Nachtlager gewesen, erzählte sie mir. Auf Schritt und Tritt duftet es nach Vergangenheit, die Teil der Gegenwart ist. All die Geschichten meiner Vorgänger interessieren mich sehr. Deshalb möchte sie sie in einem Buch zusammenfassen. Sie meint, das würde dann einmal Janinas Lieblingsbuch – in Wirklichkeit schreibt sie nicht für andere, sie schreibt, weil sie das Schreiben liebt, nicht für die Nachkommen. „Du musst dir keine Sorgen machen (mach ich mir aber) falls du länger leben wirst als ich", sagt sie dann, „Markus oder Janina oder Michelle oder Asya werden dann hier leben, und *die* lieben Katzen."

Kater Murrs Überheblichkeit ist nicht zu überbieten. Ich bin zwar auch nicht bescheiden, aber hundertfünfzig Jahre später sehe ich die Welt – wie soll ich sagen – besonnener. Nun ja, ich lebe in einem Land mit viel Sonne, zunehmender Tierliebe – man hat auch den Stierkampf (fast) abgeschafft, aber zu glauben, ich sei gleichberechtigt, ist immer noch eine Illusion. Eine Illusion, die ich durch Marni erzählen kann. Und wer weiß, in hundertfünfzig Jahren wundern sich meine Kolleginnen und Kollegen vielleicht über meinen Übermut. Auch der kann überheblich sein, hat aber etwas mit Lebensfreude statt Lebenskampf zu tun. Manx schlurft um die Ecke. Er hat vom vielen Fressen einen Hängebauch. Ich werde ihn mal freundlich begrüßen. Für seine Fresslust habe ich Verständnis.

Mit vielen Tricks, hochgebundener Klappe und Leckerlis ist es Marni gelungen, Manx durch die Katzenklappe zu locken. Bisher erst ein, zwei Mal. Noch gefällt es ihm gar nicht. Aber die *casita*-Türen bleiben geschlossen und so muss er es wagen.

Schisser! Ich gebe zu, ich bin eifersüchtig. Wie er sie umschmust! Natürlich drängle ich mich dann dazwischen.
Meinen Rang als Erste-*casita*-Katz nach Chicas und Erizos Tod
lasse ich mir von dem Schwanzlosen nicht streitig machen.

Heute erzählte mir Marni, warum sie in der letzten Zeit so
nachdenklich ist. Sie hätte die Möglichkeit, ihr Elternhaus an
syrische Flüchtlinge zu vermieten. Und sie traut sich nicht.
„Ich bin nicht mutig", gesteht sie mir. „Die Energie, mich mit
den Nachbarn auseinander zu setzen, falls die dagegen sind,
habe ich nicht mehr. Allerdings werde ich mit ihnen reden,
wenn ich in zwei Wochen ‚nach Hause' fliege." Ihr Elternhaus
ist immer noch ihr Zuhause, daher fällt es ihr so schwer, es
jemanden aus der Familie zu übergeben – gegen eine
„Leibrente" (schon das Wort ist ihr unsympathisch). All ihre
Lieben sind der Meinung, genau das solle sie tun. Sie will hier
mit uns auf der Insel bleiben – lebenslang. Und zwei Heimaten
sind wie zwei Lieben: kräftezehrend. „Wie du weißt, spreche
ich aus Erfahrung", fügt sie hinzu. Ja, ich weiß. Schließlich sitze
ich schon lange auf den Liebesgedichten, die Marni gerne noch
vor meinen Erzählungen in Buchform bringen möchte.
Warum sie es bisher nicht getan hat, weiß nur ich, und – noch
– will ich nichts dazu sagen. Das hat sie mit *M*anx gemeinsam:
sie braucht ziemlich lange, bis sie sich traut. Aber sie traut sich
– irgendwann. Sie hat sich immer getraut. Ich bin mutiger.
Vielleicht zeige ich mich auch nur von meiner mutigen Seite,

weil ich weiß: Marni liebt Kühnheit, schließlich war sie lange mit einem Kühnen verheiratet. Von den Nachteilen des Wagemuts spricht sie seit seinem Tod seltener. Eines ihrer großen Lieblingsthemen ist die unerschöpfliche Verwandlung der Erinnerung. Nicht nur wer schreibt, verwandelt, sagt sie dann, und manchmal fügt sie SICH hinzu. Von mir aus könnte sie sich täglich länger verwandeln. In der Schreibecke in ihrer Nähe zu sein, ist eines meiner größten Vergnügen. Das könnte ich stundenlang genießen. Heute scheint so ein Tag zu sein. Das bedeutet allerdings, dass sie sich am Abend belohnt und länger ans Meer fährt. Oft ist auch keine Belohnung erforderlich. Aber rund um die Vollmondtage muss es allabendlich sein.

Und hier ihr Morgen-Gedicht:

Ein Leben lang

Mit Tieren zusammen zu leben heißt staunen

Manxi möchte so gerne dazugehören

Nähert sich vorsichtig, toleriert meine Launen

Erkundet jede Ecke der *casita*, will nicht stören

Verhält sich wie ein kluger Flüchtling im Gastland

Alles ist spannend, Schritt für Schritt erobert er Neuland

Dieses schlaue Tier hat Verstand

Schaut sich alles an und hat schon erkannt:

Hier will ich bleiben

Also bemühe ich mich um Freundlichkeit

Es fällt mir nicht schwer, mir die Zeit zu vertreiben

Satt zu essen habe ich und ein höchstes Maß an Freiheit

Auch um die Zuneigung von Puschi bemühe ich mich

Das fällt mir leicht – bei dem täglich gedeckten Tisch

Abends genießen wir zusammen auf dem Dreschplatz den
    Sonnenuntergang

So könnte es bleiben – ein Leben lang.

Nach wie vor klappert die Schreibmaschine. *Que bien*! Sie liebt es, Kunsthandwerkerin genannt zu werden. Schließlich war das mehr als zehn Jahre lang ihre Profession. Und noch heute trägt sie ihre selbstentworfenen Handwerks-Modelle, inzwischen reichlich verblasst. Mir gefallen sie, nicht nur weil sie aus Seide sind. Mir gefallen alle Natur-Materialien. Einige weisen Kratzspuren meiner Vorgänger auf. Die werden dann kunst-gestopft, wie sie das nennt.

Nachdem sie morgens zunächst verdrießlich um die noch zu begießenden Pflanzen taperte und ich sie begleitete, schien sie die Arbeitslust plötzlich zu überfallen. Der Auslöser war ein langes Gespräch mit ihrer Freundin Tamara, die sie als 'hoffnungslose Optimistin', wie eine ihrer Freundinnen das nennt, immer zu Tatendrang animiert.

Marni hatte ihr eine Passage aus *Lebensgeschichten des Katers Murr* vorgelesen. Ich als Hippie-Katz hätte erstaunliches Verständnis für den Spießbürger Kater Murr. Dann kommen beide ins Philosophieren, und ich räkele mich genüsslich auf ihren Schoß – für länger. Tamara bestätigt sie immer wieder darin, mich erzählen zu lassen, weil sie weiß, als Katz darf ich als Gegenpol zum klugen Kater Murr, einfältig sein. Das bin ich, und das ist auch gut so.

Mit unverdrossener Gutmütigkeit erträgt Manx meine Anfälle von Eifersucht. Dann erhebe ich nicht nur gegen ihn die Pfote, sondern wehre auch Marni ab, wenn sie mich streichelt, nachdem sie Manx gestreichelt hat. Diese Eifersucht ist eine Last.

Seit kurzem blüht die Begonia auf der unteren Terrasse in einem leuchtenden Orange. Das ist eine Pracht, zumal die Blüten mühelos vom *casita*-Fenster aus zu besichtigen sind. Ich pinkele zwar nicht wie Puschi in die Spüle, sondern nutze sie nur als Aussichtsplatz. Oh je, über die *casita* fliegt ein gelber Helikopter. Das bedeutet, irgendwo in der Nähe brennt es.

Marni gerät dann immer in Panik und ruft ihre Nachbarn an, um den Ort des Brandes zu erfahren. Nachbarin Marilena beruhigt sie, auf der Straße nach Sta. Eulalia sei ein Auto in Brand geraten. Der sei aber schon gelöscht. Immer noch klappert beruhigend die Schreibmaschine.

Während Marni erfolgreich Mäuse- und manchmal auch eine Ratte in der Lebend-Falle fängt und aussetzt – beim Jäger, ist es ihr nicht gelungen, Ameisen zu fangen. Und die wollen unbedingt ihren Weg durch die *casita* nehmen. Sie griff zu Chemie. Jetzt liegen hunderte von toten Ameisen neben der Spüle (Loch in der Holzwand), und sie ist unglücklich.

Sie hat wieder einmal ein Auto voll Pflanzen gekauft, unter anderem zwei Zitrus-Bäume. Jetzt gräbt sie tiefe Löcher und schaufelt angesammelte Bio-Erde hinein. Ich fürchte, heute nacht muss ich Wärme spendend nahe den schmerzenden Gelenken liegen. Der Zitronenbaum ist schon richtig groß. Er passte knapp in die *furgoneta*. An seiner Seite wächst das Avocado-Bäumchen. Sieht eher mickrig aus. Leider muss ich genau da immer mein Geschäft verrichten, weil der Boden so locker ist. Dem Avocado gefällt das offensichtlich nicht. *Que hacer?*

Wenn sie im Vorbeigehen erst Manx streichelt und dann mich, muss ich leider die Pfote gegen sie erheben. Sie kann es kaum fassen, so viel Eifersucht. Beim ersten Mal fuhr ich sogar meine Krallen aus. Inzwischen beschränke ich mich auf einen leichten Pfotenhieb und kleine Bisse. Sie hat sofort verstanden.

Eifersuchtsanfälle können schmerzlich sein. Und am eifersüchtigsten sind die, die selbst Anlass dazu geben. Das weiß sie aus der Zeit ihres Zusammenlebens mit Jordi. Der sei selbst dann eifersüchtig gewesen, wenn er selbst gerade intensivst mit einer Nebenfrau beschäftigt gewesen sei. Dabei konnte es sich auch durchaus um eine von Marnis Freundinnen handeln. Aber wehe wenn sie praktizierte: wie du mir so ich dir.

Ich bin nicht nachtragend, Das schätzt sie sehr an mir, zumal sie selbst nachtragend ist. Aber heute waren mir die Streichler für Manx doch zu viele.

Ich bin leider auch kein Ameisen-Freund. Warum müssen sie denn auch unbedingt ihren Weg durch die *casita* nehmen? Aber schließlich habe ich mir die *casita* ja auch als Lebensraum ausgesucht und durfte bleiben. Jordi hatte sich die Insel ausgesucht. Wer oder was bestimmt die Koinzidenz. Ich vertraue auf Marni und sie vertraut auf die *poder superior*. Ohne Vertrauen und Miauen könnte ich nicht meine Geschichte erzählen und in die verborgenen Winkel der Seele von Lebewesen schauen. Zu existieren auf dieser Welt ist ein Wunder. Solange ich Teil dieses Wunders bin, fühle ich mich als Lebensbetrachter beziehungsweise -Erzähler. Sozusagen als Reinkarnation von Kater Murr. Ich muss nicht Buddhist sein, um an die Wiedergeburt in einer anderen Form beziehungsweise in einem anderen Lebewesen zu glauben. Als Mensch würde ich mir Marni als Katz wünschen.

Heute musste sie wieder einmal eine Lese-Nacht einlegen. Mir gefällt das ziemlich gut. Sobald sie nach Stunden ihre Lesestellung wechseln muss, blinzele ich schnurrend und kuschle mich zurecht. „Eine ziemlich klug konstruierte Unterhaltungsgeschichte", meint sie gegen morgen zufrieden. Wird bestimmt verfilmt. Das Buch hätte beste Voraussetzungen, denn die junge Autorin Helene Gremillon sei unter anderem Drehbuch-Autorin. Misslungen fand sie den deutschen Titel *Das geheime Prinzip der Liebe.* „Guter Schreibstil", meinte sie anerkennend. Sie mag Geschichten, in denen es langfristig eher nur Verlierer gibt – wie im Leben. Vielleicht schlägt sie es als nächste Lektüre im „LitZi" vor. Mit ihrer Freundin Irmelischka und deren amerikanischer Freundin, die perfekt Spanisch spricht, lesen sie gerade ein Buch, das ein junger ibizenkischer Autor über die Insel geschrieben hat, *Ibiza, la isla de los ricos* von Joan Lluis Ferrer.

Am ersten Abend kamen sie nicht so recht voran, weil bei Irmelischka immer unerwartete Besucher und Unterhalter erscheinen, unter anderem Prana, der lange in Indien gelebt hat und ein guter Gitarrist mit einer schönen Stimme ist. Auf seine Song-Texte ist er sehr stolz, und weil er ein Sonder-Wohnrecht hat als Betreuer von Irmelischkas Lebensbegleiter Barry, zur Zeit in Not, spielte er zunächst im Hintergrund, aber dann im Mittelpunkt. Immer sind Abende bei Irmelischka ein kleines Fest mit all den Lebenskünstlern und Tieren. Mia, eine liebenswerte Mischung aus dem Tierheim, lebt bei Irmela und Barry noch einmal ein wunderschönes Inselleben. Sie darf auch immer mit an die Cala Nova, obgleich Hunde dort streng verboten sind. Marni und Irmelischka sitzen dann mit Mia etwas abseits am Katzen- beziehungsweise Hundetisch. Die Besitzerin der Strandbar, die selbst eine hässliche Mischung aus Mops und Dackel namens Violeta hat, serviert Mia Getränke und köstliche Restmahlzeiten. Ibiza wie es leibt und lebt. Direkt hinter dem Schild „*Perros no*"[43] stehen die Hundenäpfe. Violeta und Mia umkreisen dann gezielt die Gästetische. Da sind immer kleine Köstlichkeiten zu erwarten. Zwischendurch spielen sie in den Wellen. „So ein wunderbares Hundeleben", schwärmt Marni. Ein Tag geht zu Ende. Ich schaue in den Abendhimmel und genieße den Augenblick.

*

Marni ist nicht gut auf mich zu sprechen. Heute morgen in aller Frühe habe ich Manx verprügelt. Und nun ist der nicht in der Nähe der *casita* und kommt auch nicht, wenn sie ihn ruft. Immerhin stürzte er durch die Katzenklappe davon. Ich gebe mir Mühe, sie wieder freundlich zu stimmen, habe sie schon in die Waschküche begleitet und bin Puschi, gegenüber liebenswürdig. Keine Seitenhiebe mit der Pfote beim Früh-

---

[43] Keine Hunde

stück. Ich gebe zu, Manx stört meine Kreise. Den Anlass für die Prügel habe ich schon wieder vergessen. Vielleicht hatte ich auch nur keine gute Morgenlaune. Sie hat sich nachts unentwegt hin und her gewälzt, und da muss ich mich jedes Mal neu anschmiegen. Einmal wäre ich sogar fast aus dem Bett gefallen. Manx pflegt in Chicas Körbchen unter dem Gästebett zu schlafen, aber heute Nacht schlief er in Jordis und meinem Lieblingskorbstuhl. Vielleicht habe ich ihn deswegen verprügelt. Er tut einfach so, als wäre er hier zuhause. Leider gehört er jetzt zu uns. Vielleicht sollte ich das endlich akzeptieren.

Manchmal finde ich Marnis Tierliebe kurios. Heute zum Beispiel sehe ich zu, wie sie den seidenen Faden des Netzes der dicken Herbst-Spinne, den sie versehentlich durchtrennt hatte, am nächsten Ast des *Sabina*-Baums wieder befestigte. An diesem Faden hängt zwar das ganze kunstvoll gesponnene Netz, aber schließlich konnte die Spinne sich auch einen anderen Platz als den vor der *casita*-Tür aussuchen. Wie sie gerade herausfand, spinnt sie ihr Netz jeden Tag neu. Die im Netz gefangenen Spinnenmahlzeiten hängen jedenfalls noch an der gleichen Stelle. Mit denen müsste Marni konsequenterweise ja auch Mitleid haben. Angeblich sind diese Spinnen mit dem weißen Rückenzeichen nicht giftig. Meine Sympathie für sie hält sich in Grenzen. Da sitzt sie, diese fette Spinne in ihrem zugegebenerweise kunstvollen Netz und wartet, bis sich ihr

Opfer darin verfängt. Ich finde ein Katz-Maus-Fressspiel fairer. Es ist Zeit für eine Siesta. Ich sehe Marnis Korbtasche vor der *casita*-Tür stehen. Bestimmt gönnt sie sich an diesem ziemlich schönen Herbst-Sonnentag einen Meerbesuch. Vorher liest sie mir noch ihr Morgengedicht vor.

Farbenpracht

Herbst-Melancholie und Farbenpracht

Von beidem zu viel

Die Natur – das Leben macht was es will

Herbst-Melancholie und Farbenpracht

Von beidem zu viel

Und gleichzeitig Überschwang

Ausdruck von Niedergang und Lebensdrang

Von beidem zu viel

Die Natur – das Leben macht was es will

Mit Weh-, De-, und ein wenig Über-Mut

Bleibt beides unser lebenslänglich höchstes Gut

Die Natur – das Leben macht was es will.

Das gefällt mir, auch wenn es reichlich melancholisch ist. Ich habe mit Melancholie nichts an der Pfote. Menschen-Sache. Schließlich können wir auch stolz darauf sein, nicht alle Eigenschaften mit ihnen gemeinsam zu haben. Zum Beispiel bringen wir unsere Artgenossen nicht aus Machthunger oder Gier um. Das heißt, nur ein einziges Tier tut das: der Schimpanse. Der scheint ja auch den Menschen am ähnlichsten zu sein.

Was für eine Geschichte! Die ganze Nacht hatte der neue junge Jagdhund des Jägers geweint, nicht gebellt, buchstäblich geweint. Marni rief Teresa an. Sie ist die unmittelbare Nachbarin des Jägers, hat selbst zwei Hunde und fünf Katzen und hatte sich bereits in der Vergangenheit – wie Marni – mit dem Jäger angelegt. „Wir müssen wieder mit ihm reden", sagte sie. „Das ist sinnlos", meinte Teresa. „Wenn du vorbeikommst, erzähle ich dir meinen Plan." Kurz darauf saßen Teresa und Marni in Teresas kleinem gemütlichem Malraum, umgeben von allen Tieren, und Teresa erzählte, dass sie in der Nacht den Hund klauen würde. Ihre Freundin werde ihn übernehmen. Der Jäger, der während der Woche in Ibiza-Stadt lebt, würde dem Hund am Wochenende einen Eimer Trockenfutter und Wasser hinstellen und würde dieses arme Tier auf zwei Quadratmetern – an der Kette, weil er sich sonst ein Loch unter dem Zaun graben würde, sich selbst überlassen. „Keiner Menschenseele darfst du etwas sagen", meinte Teresa, als

Marni sie nach vielen Tassen Tee (*ojas de olivo*), selbst gemachter Marmelade und ausgeliehenen spanischen Büchern verließ. In der Nacht war kein Laut zu hören. Es goss in Strömen. Da wusste Marni, der Klau war geglückt. Am Morgen rief sie Teresa an, die sich nicht meldete. Nach mehreren Versuchen schließlich, am späten Nachmittag, erfuhr sie, dass die Aktion bei strömendem Regen in der Nacht gelungen war, die Unterbringung bei der Freundin sich allerdings als schwierig herausstellte, weil einer ihrer dreizehn Hunde, ein Rottweiler, den Neuen nicht leiden konnte. Nach vielen Bemühungen gelang es Teresa, den Neuen – noch hat er keinen Namen – bei ihrer Tochter unterzubringen. Jetzt suchen wir ein neues Zuhause für ihn. „Was für eine wunderbare, mutige Frau", seufzte Marni. Sie selbst hätte sich das nicht zugetraut. Der Jäger wird nicht herauskriegen, was geschehen ist, wird aber mit Sicherheit Teresa und Marni im Verdacht haben, mit der Sache etwas zu tun zu haben.

Offizielle Nachforschungen (schließlich gibt es ein Loch im Zaun, was Einbruch bedeutet) kann er nicht anstellen, weil er weiß, wie hunde-unwürdig sein erweiterter Zwinger ist. Marni freut sich diebisch und hat Teresa fest ins Herz geschlossen. Auch im Spanischen existiert, laut Teresa, das Sprichwort: Seitdem ich die Menschen kenne, liebe ich die Tiere (*cuanto más conosco a las personas, más me gustan los animales*).

Inzwischen steht das Köfferchen auf dem Gästebett, was so viel heißt wie: Demnächst fliegt sie nach Deutschland. Es ist zugeklappt, also muss ich mich drauflegen. Auch schön. Von Antonia und Werner werden wir gut versorgt. Beide sind keine Katzenfans, aber zuverlässig. Das Badewannen-Bücher-Zimmer hat eine Katzenklappe und ein weiches Bett. Nun, wir sind hier zu Hause und müssen nicht hungern, bis sie wieder zurückkommt.

*

Sie ist wieder da. Wie ich sie vermisst habe! Leider musste ich ihr meine Enttäuschung über das Allein-Gelassen-Werden zeigen. Als sie mich streichelte, schnellte meine Pfote vor, mit ausgefahrenen Krallen. Sie nahm es mir nicht übel. Wie könnte sie auch. Sie zeigt noch heute ihre Krallen, versteckt in Gedichten. Ständig bimmelt das Telefon. Menschen kommen und gehen. Ich habe mich am Bett-Fußende in der *casita* versteckt und höre mir die Geschichten an, die Teresa gerade erzählt: Nachdem der Jäger zur Kenntnis genommen hatte, dass sein Hund fehlt beziehungsweise, dass man ihn geklaut hatte, war ihm schnell klar, auf Marni fiel kein Verdacht, weil die ja in Deutschland war, was die Jäger-Nachbarn wussten. Es dauerte keine zwei Wochen, und im Käfig war ein neuer, junger, bildschöner Jagdhund, der Tag und Nacht weinte. Teresa stellte fest – nachdem sie sich bei dem Jäger auf ihre impulsive Art beschwert hatte, dass er jetzt ein Halsband trägt mit einem kleinen schwarzen Apparat, das Stromstöße aussendet beim Bellen. Diese höllische Erfindung gibt es wirklich und sie ist für jeden Tierquäler käuflich zu erwerben.

Das weiß doch jeder

Der junge Pointer des Jägers weint Tag und Nacht bitterlich

Stromstöße des Halsbands verhindern das Bellen

Anti-Bell-Halsbänder sind frei verkäuflich

Was können wir tun in diesen Tier-Drama-Fällen

Die Argumente des Jägers sind einzementiert wie der Zaun

Er beweist, dass der Hund eine Hütte, zu essen und zu
    trinken hat

Während der ganzen Woche ist er allein auf engstem Raum

Herrchen hört sein Weinen nicht, er lebt in der Stadt

Wie und wo ist ein Ausweg zu sehen?

Den Hund auf einem Rundgang mitzunehmen erlaubt Herr-
    chen nicht

Ein Jagdhund hätte zu jagen und nicht spazieren zu gehen

Wenn auch Jäger ein Herz haben, müsste es zu erreichen
sein durch Bitten um Einsicht

Mit Stromstößen lassen sich Schmerz, Trauer, Freude etc.
bei Lebewesen nicht verbieten

Das weiß jeder

Aber wie erklärt man das einem Jäger?

*

Inzwischen hat Marni herausgefunden, dass diese sogenann-
nten Antibell-Halsbänder absolut frei verkäuflich sind und
dass bei einer eventuellen Anzeige nichts passiert, wenn der
Jäger angibt, dass das Halsband am Abend entfernt wird. Wird
es natürlich nicht, weil Herr Jäger nur am Wochenende seinen
Hund sieht, mit dem er dann auf die Jagd geht. Außer Tauben,
Rebhühnern und Kaninchen, die im Frühjahr ausgesetzt werden, damit der Jäger sie im Herbst abschießen kann, gibt es
keine Jagdtrophäen mehr. Marni wünscht dem Jäger (er ist
schon reichlich alt) ein Anti-Hilfe-Ruf-Armband, wenn er im
Altersheim, wo er mit Sicherheit bald landet, in Not ist und um
Hilfe ruft.

Zunächst will sie noch einmal mit der Frau des Jägers Kontakt aufnehmen und den Vorschlag machen, dass sie täglich
den Pointer für eine Stunde auf ihrem Rundweg mitnimmt.

Die Frau des Jägers könnte sie vielleicht davon überzeugen. Der Jäger selbst wird vermutlich NO sagen. Zum Glück sterben die alten Jäger-Machos aus, sagt Marni und sammelt die roten Patronenhülsen ein, die sie auf unserem Grundstück gefunden hat. In ihrer Abwesenheit wilderte er auch bei uns. Die DUO-Berater meinten (DUO steht für *danos una oportunidad*[44]) für den Hund gebe es keine Hoffnung, wenn der Jäger nachweist, dass Hütte, Essen und Wasser vorhanden sind. Einmal täglich das Anti-Bell-Gerät abzunehmen sei zwar Pflicht, aber nicht zu überprüfen. Die Geschichte geht weiter.

Den befreiten Hund, der jetzt in einer Familie lebt und liebenswert ist, haben die Spanier *Heart* getauft. So ist es, das Leben, immer wieder wird es Menschen geben mit Herz.

Manx hat sich einen dicken Hängebauch angegessen. Ich hoffe, sie reduziert seine Trockenfutter-Mahlzeiten. Sein Geplärr geht mir auf die Nerven, ihr auch. Ich komme mit ihm aus. Ein Freund wird er wohl nicht. Meine Menschenfreundin ist mir lieber. Nach dem Begrüßungspfotenhau habe ich sie lange beschnurrt.

Sie will mir nicht ihren nächtlichen Traum erzählen. Noch nicht, sagt sie. Er sei einfach zu düster. Lustlos las sie in Fernando Pessoas *Buch der Unruhe*. Der Traum wurde ausgelöst durch Pessoas Aussage „was anderes ist Kunst als die Vernein-

---

[44] Gib uns eine Chance

ung des Lebens?" Bisher hielt sie Kunst für Lebensbejahung beziehungsweise Lebensbereicherung. Aber vielleicht ist sie ja eine Flucht wie Religion – träumen und glauben statt zu leben. Ich begleite sie auf den kleinen Wegen zum Beispiel auf die Terrasse unterhalb der *casita*. Sie gräbt einen Passionsblumen-Ableger bei dem abgestorbenen Mandelbaum ein. Die Passionsblume soll sich an ihm hochranken. Wird sie auch. Die *Morning Glory* wäre zwar schneller, aber die Passionsblumen-Blüten sind weiß und ein Kontrast zur blauen *Morning Glory*. Manx und Puschi benutzen die aufgelockerte Erde rund um den neuen Zitronenbaum als idealen Scharrplatz bei Toilettengängen.

Sie fürchtet, dass das dem Zitronenbäumchen nicht gefällt. Nun scharren beide vermutlich bei der Passionsblume. Ich habe meine Privattoilette auf dem kleinen Biomüll-Hügel hinter der Natursteinmauer auf dem *sendero* zur Finca. Dafür werde ich nicht nur gelobt, sondern auch gestreichelt. Damit kann man mich zu allerlei Zugeständnissen bewegen. Nicht nur Leckerlis tragen zu Erziehungsmaßnahmen bei. Heute will sie mit dem Jäger, besser mit seiner Frau reden und den Vorschlag machen, den jungen Pointer ein Mal täglich auf ihren Rundgang mitzunehmen. Gestern hat sie ihm zusammen mit Teresa Knöchlis gebracht. Wie der sich schwanzwedelnd freute, wenn man mit ihm spricht! Vermutlich wird der Jäger NEIN sagen. Marni hat sich in den Kopf gesetzt, die Jägersfrau davon zu überzeugen, dass der Hund auf diese Weise erstens nicht versucht auszubrechen, zweitens gesund bleibt. Der befreite Pointer ist inzwischen bei Teresas Tochter ein vollwertiges Familienmitglied von großer Anhänglichkeit geworden. Dass wir Tiere fast alle Eigenschaften von Menschen haben, auch Dankbarkeit, wird dem Jäger wohl verborgen bleiben. „Ich wünsche ihm noch einmal ein Anti-Hilferuf-Armband, wenn er einmal – wenn er nicht mehr jagen kann – im Altersheim um Hilfe ruft", sagt Marni. Sie weiß, dass Wünsche in Erfüllung gehen können. Aber das erwähnte ich schon.

Seit Tagen ist sie damit beschäftigt, etwas für diesen jungen, stundenlang weinenden Pointer des Jägers zu erreichen. DUO kann nicht helfen, weil Antibell-Halsbänder – was soviel heißt wie Stromstöße, wenn der Hund zu bellen versucht – nicht verboten sind. Den Hund erneut zu befreien, ist keine Lösung. Zwei Wochen später wäre der Nachfolger da. Heute hat sie an den „Ibiza-Kurier" geschrieben, was zunächst gar nichts bedeutet, denn der wird nicht von Spaniern gelesen. „Aber langfristig", sagt sie – und ich höre so etwas wie Zuversicht aus ihren Worten, „wächst eine neue Generation heran, die auch den Stierkampf in seiner alten, brutalen Form abgeschafft hat. " Auf eine Antwort der Frau des Jägers, die ihrem *marido* ihre Bitte, den Pointer auf ihren Rundgängen mitzunehmen, unterbreiten will, wartet sie noch.

*

Der arme Jägerhund weint den lieben langen Tag. Wie Teresa erzählte, steht die Hundehütte in einer großen Wasserlache. Das Trockenfutter, das in einem Eimer außen an der Hundehütte befestigt ist, ist vollkommen aufgeweicht. Teresa und Marni wissen nicht, was sie tun können. Die Tierschützerinnen von DUO (*danos una oportunidad*) sind machtlos. Sie haben nicht das Recht, den Hund herauszuholen, weil er ein Hütte und zu essen hat und nicht mehr an der Leine ist. Teresa, die nebenan wohnt und sein Weinen hört, ist verzweifelt. Es regnet seit Wochen. In der Hütte gibt es natürlich keine Decke. Die würde der Hund nur zerfetzen, meinte die Jägersfrau, als Marni zum x-ten Mal anrief und den Vorschlag mit der Decke machte. Teresa bringt ihm täglich ein Leckerli, und gestern bat sie Marni, nicht mehr bei der Jägersfrau anzurufen, weil die sie dann im Verdacht hätte, wenn der Hund demnächst nicht mehr da wäre. Sie will auch ihn befreien bei Nacht und Nebel. „Der wird sich doch nur wieder einen neuen kaufen", hörte ich Marni sagen. Zum Glück hören wir hier sein Bellen und Weinen nicht so durchdringend wie Teresa.

Und dann gibt wieder einmal eine Kostprobe von Teresas Tierliebe: Im oberen Teil von Teresas gemieteter Haushälfte befindet sich neben einem winzigen Schlafzimmer Teresas Malraum. Bei jedem Besuch besichtigt Marni die neu entstandenen Werke: Ibiza-Landschaften, die originellsten Katzenbilder und Porträts, die Teresa an ihrem

Stand auf dem *mercado* verkauft. „Ich muss dir etwas zeigen", sagt Teresa und flitzt behände die steile enge Treppe hoch, die zum Studio führt. Studio ist nicht ganz die richtige Bezeichnung für den kleinen Malraum, der – lichtdurchflutet – einen traumhaften Blick über das Tal freigibt. Zum Glück verhindert ein riesiger Feigenbaum die Aussicht auf den eingesperrten Jägerhund. Der Feigenbaum ist eine Persönlichkeit. Ohne Blüten und Blätter sehen in der Winterzeit seine knorrigen Äste wie Krakenarme aus, schwärmt Marni. Sie bewegen sich gespenstisch im Wind. Im Sommer würden seine Blätter wie eine Hand mit gespreizten Fingern aussehen.

Teresa ist eine Feigenmarmeladen-Expertin. Auch die verkauft sie auf dem *mercado*. Die Gläser sind liebevoll beschriftet und bemalt. Zum Glück hat der arme Jägerhund im Sommer unter dem Feigenbaum Schatten, sagt Teresa. Ihren eigenen Hunden serviert sie zum Nachtisch auch Feigenmarmelade. Die *podencos* lieben diese Götterspeise, wie Teresa sie nennt.

Marni ist schon auf ein neues Katzengemälde gespannt. Teresa schaut zufrieden und weist auf den Katzenkorb unter der Staffelei. In dem sitzt dick und bräsig ein Huhn. Vor ihm stehen zwei Schälchen mit Körnern und Wasser. Zwei Katzen liegen dösend in Sichtweite. Dass sie ihren Schlafplatz vorübergehend einem Huhn überlassen müssen, scheint sie nicht zu stören. „Es ist krank", sagt Teresa und zeigt besorgt auf das Huhn, das an der rechten oberen Kopfseite eine Verletzung hat. „Es hat Fieber," fügt sie hinzu. Wie man bei einem

Huhn Fieber misst, wusste Marni nicht, sie wollte aber auch nicht nachfragen.

Teresa ist natürlich Vegetarierin, und Marni ist wieder einmal unzufrieden mit sich, weil sie immer noch hin und wieder Huhn isst. Beim Betrachten von Teresas Huhn überfielen sie die heftigsten Gewissensbisse, nachdem sie sich gerade mit dem Begriff „Flexitarierin" arrangiert hatte. So nennt Richard David Precht diejenigen, die nicht ganz auf Fleisch verzichten wollen oder können. Er prognostiziert in circa zwanzig Jahren eine Gesellschaft Kulturfleisch verzehrender Menschen, die erkannt hätten, dass man Tiere nicht mehr schlachten muss, um in den Genuss von Fleisch zu kommen, weil man Fleisch züchten kann, ohne die Tiere zu töten, und folglich all die Getreidemengen den hungrigen Menschen auf der Welt zur Verfügung stehen würden. Zur Zeit sind Teresa und Marni aber mehr mit dem Schicksal des Jägerhundes als dem der Flexitarier beschäftigt. Marni hört sich Teresas Plan für die zweite Hundebefreiung an. Alle Versuche, mit dem Jäger und der Jägersfrau zu reden, scheiterten an dem Jägerargument: Wenn er dem Hund ein größeres Terrain einzäunte, würde der sich unter dem Zaun Löcher graben. Inzwischen beschimpfen sich Teresa und der Jäger ständig. Ein Gespräch beziehungsweise eine Lösung ist nicht mehr in Sicht. „Bleibt nur der Klau", sagt Teresa, die allerdings auch weiß, dass der Jäger sie oder Marni verdächtigen wird. Ich höre mir alles an und bin froh, dass ich eine Katze bin.

Teresa hat Marni wieder einmal einen großen Korb voller Bücher geschenkt. Die bekommt sie von all ihren Freunden und Bekannten, um sie an ihrem Stand zu verkaufen. Darunter war - zu Marnis größter Freude - *Platero und ich*, eine lyrische Prosa-Erzählung so ganz nach ihren Vorbildern von Juan Ramon Jimenez, die zu Marnis Lieblingsgeschichten gehört und im Chaos ihrer Bücherregale untergegangen ist. Es geht um die Geschichte eines Melancholikers und seines Esels Platero. Schon der Anfangssatz „Platero war klein , flauschig und ganz sanft…", ist immer in ihrem Gedächtnis geblieben. Der Dichter sieht die Welt durch Plateros Augen. Vielleicht wollte Marni schon damals die Welt durch die Augen einer Katze sehen. Nicht irgendeiner Katze. Sie hat auf mich gewartet oder war erst nach Jordis Tod zu dieser Trauer als Lebensgefühl gelangt. „Platero und ich" ist keine Fabel. Es geht um ein Miteinander von Mensch und Tier und um das Alleinsein. „Die Einsamkeit ist wie ein großer Gedanke aus lauter Licht…"

Ich bin stolz darauf, ihr Medium zu sein. Dass sie mich erzählen lässt, findet ein (belesener) Kritiker zu einfach, egoistisch, nur auf uns bezogen. Ja, so ist es: wir genießen unsere

Einfachheit. Vertrauen und Liebe ist einfach. Zum Glück gehört Melancholie nicht zu meinen Gefühlen, Trauer schon. Aber woher sollen Menschen, die nicht eng mit Tieren zusammenleben, das wissen? Teresa weiß viel über uns Tiere. Und sie ist mutig. Mutiger als Marni. Die würde sich nicht trauen, den Jägerhund zu klauen. Dafür traut sie sich zu reimen... Durch Teresa gewinnt sie Einblick in die Mentalität der rigorosen spanischen Frauen, die in der langen Franco-Zeit Widerstand trainiert haben. Die meisten spanischen Ehescheidungen werden heute von den Frauen nicht nur gewünscht, sondern auch durchgesetzt. Die Jäger-Ehefrau sei noch eine aus der Generation der Frauen, die ohne Beruf natürlich nicht den Mut gehabt hätten, sich scheiden zu lassen. Marni hatte in endlosen Telefonaten herausgefunden, dass sie schon Mitleid mit dem Hund (und sich) hatte. Immerhin hatte sie dem armen Hund wieder das „Antibell-Halsband" abgenommen. Marnis Meinung, mit Hilfe der Jägersfrau zu erreichen, dass für den Hund ein größeres Terrain eingezäunt wird, hält Teresa für wundergläubig. Ansonsten glauben beide an Wunder, zum Beispiel daran, dass die Menschen uns Tieren einmal individuelle Rechte zugestehen und vor allem, dass sie nicht mehr diese grauenhaften Experimente mit uns machen. „Die Generation meiner Kinder hat es geschafft, dass der Stierkampf verboten wurde", sagt Teresa dann – ein wenig stolz.

Heute ist seit Wochen ein sonniger Tag. Der Jägerhund bellt nicht. Da Teresa noch nicht angerufen hat, hat sie ihn wohl noch nicht geklaut.

*

Marni scheint zur Zeit übermütig zu werden. Sie erzählt mir folgendes:

Du weißt doch, ich hatte die Liebesgedichte und Aktzeichnungen von Tamara an diesen Berliner Verlag geschickt. Nach drei Monaten teilte man mir mit, man wäre – nach positiver Beurteilung zu dem Schluss gekommen, die Gedichte zu veröffentlichen – gegen eine Autorenkosten-Beteiligung. Marni nannte mir die Summe und teilte dann dem Verlag mit, im Zweifelsfalle gehe sie davon aus, dass der potentielle Leser und nicht der Autor bezahlen würde und sie außerdem gar nicht so viele Euros habe. Darauf schrieb der Verlag, er werde den Gedichtband und die Aktzeichnungen auch ohne Autoren-Zuzahlung veröffentlichen. Und was macht sie? Sie sagt ab und sagt mir: „Dann könnte ich ja auch einen großen, renommierten Verlag finden." Tamara bestärkte sie in ihrem Über-Mut.

Heute werde sie mit Teresa ins Kino gehen, sagt sie gutgelaunt. Juan, Sohn einer Nachbarin, mailt ihr einmal im Monat das Kino-Programm. *Hidden figures* schauen sie sich an. Den findet Teresa auch sehenswert. Für starke Frauen interessiere sie sich immer, meint sie. Marni wird sie abholen, denn ihr Auto ist schon vollgepackt mit all den Sachen, die sis am Wochenende auf den beiden *mercados* verkauft. Die letzten Märkte seien ja wegen des Regens ausgefallen, erzählt sie Marni, und die weiß natürlich, dass das ein Loch in ihr Haushaltsbudget reißt.

*

Wenn Teresa zu uns kommt muss ich sofort auf ihren Schoß hüpfen. Wie das duftet! Nach all den Tieren! Außerdem streichelt sie mich auf diese erfahrene Art und Weise. Seitdem die Mandeln blühen und die Sonne wieder scheint, sind die Lamentations-Beller des Jäger-Hundes seltener geworden. Er könne jetzt auch wieder die Hütte umrunden ohne die stinkenden Pfützen durchqueren zu müssen. Teresa hat eine wichtige Entdeckung gemacht. Als der Gärtner das Tor zum hässlichen Jäger-Haus offen gelassen hatte, sei sie hineingegangen und habe sich neugierig umgeschaut. Und was entdeckte sie? Eine kleine Kamera, auf den Platz mit der Hundehütte ausgerichtet. Herr Jäger will auf diese Art wohl herauskriegen, wer − eventuell − seinen Hund wieder befreien will. Teresa meint weiter: „Mit anderen Worten, ich kann ihn nicht klauen, der rächt sich an meinen Hunden", und sie zauberte vegetarische Köstlichkeiten aus ihrer großen Tasche, die sogar mir schmeckten. Marni ist nach einem Teresa-Besuch immer bester Laune. Ihre Geschichten sind besonders und entbehren alle nicht der Komik. Ob das Huhn denn wieder gesund sei, wollte sie wissen. Ja, strahlte Teresa, und sie habe herausgefunden, dass der Hahn ihr diese Verletzungen zugefügt hätte. Er sei ein besonders potenter Hahn, und dieses Huhn sei seine Lieblingshenne, die er unentwegt begatte. Er sei durch die Neben-Hennen – fünf an der Zahl – nicht ausgelastet. Und als besondere Liebkosung picke er seiner Lieblingshenne pausenlos in den Rücken, was zu diesen Verletzungen geführt habe. Nun denkt sie daran, den Gockel einer Freundin zu überlassen, die über ein zahlreicheres Angebot an zu begattenden Hennen verfügt. Natürlich brachte sie frisch gelegte Eier mit. Terese würde gerne die kleine *casita* neben Werners Finca bewohnen. Aber Werner fürchtet sich vor ihrer Tierliebe. Ob er Angst hat, sie könne die auch auf ihn übertragen, weiß Marni nicht, hält es aber für möglich.

Die Pfote des dicken Manx ist wieder in Ordnung. Hin und wieder hält er sie noch hoch, schaut dabei Marni an und schreit – nicht mehr ganz so laut. Aber dann sehe ich, wie er hurtig über den Dreschplatz davoneilt, ohne zu hinken. Man muss nicht immer gleich zum Arzt rennen, meint Marni dann. Schließlich verlässt sie sich auch auf die Selbstheilungskräfte. Nun ja, sie hatte einen persönlichen Medizin-Mann, der auch tiermedizinische Kenntnisse hatte. Ich habe ihn leider nicht mehr kennen gelernt, aber Puschel, die erstaunlich gesund ist, kannte ihn noch.

Marni ist gut gelaunt aufgewacht. Wie mich das freut. Ich erfahre auch gleich den Grund, ein Traum, den sie mir sofort erzählt hat:

Ich bin in Dharamsala und habe eine Audienz beim Dalai Lama.

„Soll ich weiter dichten?" frage ich den Dalai Lama, „Es gibt nur wenige Menschen, die meine Gedichte lesen." „Vielleicht solltest du auf Reime verzichten", kichert der Dalai Lama. „Ja, daran habe ich auch schon gedacht". Und er: „Warum hast du es dann nicht gemacht?" „Weil es keine Freude macht".

„Gute Antwort", meint er und lacht.

Ich verstehe ja, dass Träume so froh machen können wie Erlebtes. Manchmal haben sie offenbar noch den Nebeneffekt, wie Märchen zu sein. Das war eine schöne Traum-Nacht, sagt Marni und krault mich versonnen während sie mir den Drachenbaum-Traum erzählt:

„Am Strand sehe ich einen Drachenbaum. In der Mitte des Baums ist so etwas wie ein Schlafplatz. Dahin möchte ich. Ich klettere hinauf und sobald ich auf dem Schlafplatz angelangt bin, erhebt sich der Baum in die Lüfte – unaufhaltsam. Seine breiten, einseitigen Äste sind wie Flügel, und ich fürchte mich nicht. Er trägt mich in ein Felsengebirge. Ich lande sicher auf einem Massiv mit einem traumhaften Blick über das Gebirge. Wie ich von da wieder in die Zivilisation kommen soll, weiß ich nicht. Aber zunächst genieße ich die Aussicht – ohne an danach zu denken."

Marni sinniert wieder einmal. Lieblingsthema: Die Unvorhersehbarkeit beziehungsweise der Zufall. Seit dem plötzlichen Tod von Jordi ist das ein Lieblingsthema.

Hätte Teresa nicht die Kamera gesehen, hätte sie den Hund geklaut, und der Jäger hätte ihr nicht nur das Leben schwer gemacht, er hätte ihre beiden Hunde nicht geklaut, aber „aus Versehen" erschossen. Auch Rückzug schützt vor all den Eventualitäten nicht. Seitdem Marni auf unserem Grundstück Geschosshülsen einer Schrotflinte gefunden hat, weiß sie, dass der Jäger schießt, wo er will. Zum Glück halte ich mich am liebsten rund um die *casita*-Terassen auf, Puschel auch. Aber Manx ist stundenlang unterwegs – seitdem seine Pfote wieder voll einsatzfähig ist. Marni weiß, dass der Jäger ein Kotzbrocken ist. Doch er ist und bleibt ihr Nachbar. Noch niemals in ihrem Leben habe sie mit einem hassenswerten Nachbarn leben müssen, sagt sie zu mir und packt ein Leckerli für die Jägerhunde ein. Zeit für einen Waldrundgang. Vielleicht kann sie die Jägersfrau zu einer Vergrößerung des umzäunten Hundehütten-Vierecks doch noch überreden. Teresa meint zwar, zu erwarten sei das nicht, aber Marni gibt so schnell nicht auf. Ich auch nicht. Bisher habe ich mir zum Beispiel meinen

Lieblingsplatz auf dem Küchentisch nicht von ihr verbieten lassen. Allerdings vergreife ich mich auch nicht an wohlschmeckenden Happen auf ihrem Teller und achte sehr darauf, nicht mit dem Schwanz zu wedeln, was in besonderen Konzentrations-Situationen vorkommen kann und von Hundeliebhabern irrtümlicherweise als Freudenausdruck interpretiert wird. Aber das erwähnte ich schon: Das große Missverständnis zwischen Hund und Katz. Nur der Hund freut sich, wenn er wedelt.

*

Heute ist einer jener seltsamen melancholischen Tage, die mir gefallen. Die Äste der großen Pinie, die Djin fachmännisch gefällt hatte, sind verbrannt und Marni sitzt in der Nähe der heißen Asche mit mir wie einst mit meinem Vorgänger, dem Dicken, und sie schaut traurig aber gefasst in Richtung Katzenfriedhof.

Djin ist der Lebensgefährte von Mora, der einstigen Hippie-Königin, mit der Marni vor langer Zeit immer wieder zusammen Ausstellungen machte. Mora präsentierte ihre malerischen Strickmodelle in der Hippiezeit vor der Disco sitzend, in Ermangelung eines Laufstegs. Später machten sie gemeinsame Ausstellungen, auf denen Marni ihre Seiden-Unikate zeigte. Reichlich elitär, fand Mora, aber Kontrast muss sein, fügte sie hinzu und dichtete Marni eine Zugehörigkeit zum Establishment an. Die gegenseitige Sympathie litt nicht darunter. Djin ist Künstler, und wie alle Künstler, die nicht zu den zweihundert größten zählen, verdient er seinen Insel-Lebensunterhalt mit Praktischem. Bäumefällen passt da gut, zumal er bei den Millionen von Pinien, die im Hundert-Meter-Abstand von Fincas auch von der Umweltorganisation zum Fällen freigegeben werden, kein schlechtes Gewissen haben muss. Im Gegensatz zu Werner ist Djin absoluter Katzenfan. Ich nutze das sofort aus und kuschele mich behaglich auf dem nach Tieren duftenden Djin-Schoß ein. Esel haben Djin und Mora keine mehr, aber viele laute Pfauen. Für Pfauen kann Marni sich trotz deren beeindruckender Schönheit nicht begeistern. Ihre Schreie sind ohrenbetäubend und das würde den Gästen bestimmt gar nicht gefallen. Mit dem Holz der dicken Pinie kann Marni jetzt ihre Freunde mit Kaminen in ihren Fincas beglücken. Die eigenen Höhlen, in denen Pinien-holz lagert, sind reichlich gefüllt. Manx ließ sich in der Zeit, in der Djin sägte, nicht blicken. Puschi hatte sich im Lyrik-Regal im Badewannen-Bücher-Zimmer versteckt. Ich bin ja nicht eitel, aber ich scheine der einzig Mutige in der Familie zu sein. Vielleicht bin ich auch nur neugierig. Auf jeden Fall scheint Neugierde eine Voraussetzung für Mut zu sein.

Ich fürchte, das Antifloh-Mittel wirkt schon wieder nicht mehr. Marni beäugt aufmerksam meine intensiven Kratzübun-gen. Und nun kommt der Frühling und mit ihm die Zecken.

*

Teresa hat auch nach der Entdeckung der Video-
Überwachung des Hundezwingers ihre Idee, den Hund zu entführen, nicht aufgegeben. Und beide basteln gerade an einer
Verkleidung als Jäger. Wie Teresa herausfand – durch die
Jägersfrau – verdächtigt der Jäger auch Kollegen, seinen bildschönen Jagdhund geraubt zu haben. Kichernd schlüpft Teresa
in eine Ibizenko-Männer-Verkleidung mit entsprechender
Kopfbedeckung und bewegt sich wie ein Hagestolz durch das
Malzimmer, erzählt mir Marni. „Was meinst du, hält die Kamera meinen Macho-Jäger-Gang fest?", will sie wissen. Marni
bestätigt das voller Bewunderung. Beide suchen schon nach
einem geeigneten Zuhause für den mageren Pointer. Der
schien bei dem letzten Besuch schon seit Stunden auf Teresa
und Marni gewartet zu haben und vergaß, die mitgebrachten
Leckerlis zu verzehren. Teresa hätte am liebsten gleich ein Loch
unter dem Zaun beziehungsweise der Betonmauer gegraben.
Marni konnte sie davon abhalten, indem sie auf die Rolle des
ibizenkischen Jägers verwies, die Teresa schon eingeübt hatte.
Das half.

Offenbar hat die intensive Beschäftigung mit dem Hun-
deleben des Jägers bei Marni wieder die Erinnerung an alte
Zeiten geweckt. Und zwar speziell an die Zeit in der sie und
Jordi Hundesitter bei Paula und Jette waren – den beiden

Hunden ihrer Freunde Linde und Gerhard. Auch damals schrieb Marni schon Tagebuch. „Und jetzt lese ich dir daraus vor, Rojo", sagt sie und ist sichtlich erfreut, aus einem guten Hundeleben berichten zu können. „Es dauert etwas länger", meint sie. Mir ist das sehr recht, denn ich habe mich schon auf der Wärmflasche eingekuschelt.

*

Dann kommt plötzlich Teresa und berichtet Neues vom Jägerhund. Die Paula und Jette-Geschichte lese ich dir später vor, sagt Marni und kocht eine große Kanne Salbei-Tee. Teresa hat einen Stapel interessanter spanischer Bücher mitgebracht und einen kleinen Band Limericks auf Englisch. Marni versucht, ihre Lieblings-Limericks zu übersetzen, was ihr zwar nicht so gelingt, wie sie meint, aber beide kichern und Teresa ist ebenfalls entzückt von:

There was a young lady of Niger

Who smiled as she rode on a tiger

They returned from the ride

With the lady inside

And a smile on the face of the tiger

Nachdem Teresa wieder gegangen war, musste Marni unbedingt einen Limerick verfassen:

Ein Guru mit Erfahrung aus Indien

hat es leicht auf Ibiza schöne Schülerinnen zu finden

Die schätzen ihn sehr

Doch der Guru will mehr

als immer nur Weisheiten zu verkünden

Marni hat beschlossen, wieder intensiver zu reimen und unsere *Ojalá*-Geschichte erstmal zu beenden. Am Ende meiner Rolle als Medium muss ich noch etwas ganz Erfreuliches erzählen:

Der Jäger hat entweder sein Herz entdeckt oder – was wahrscheinlicher ist – eine potentielle Einnahmequelle entdeckt. Marni vermutet letzteres. Der schöne Pointer hat jetzt eine Gespielin, eine bildschöne. Er wedelt schon von weitem mit dem Schwanz, wenn Marni kommt und tobt mit seiner neuen Freundin um die beiden Hütten. *Ojalá* wird sie nicht so schnell schwanger. Meine Menschenfreundin beschäftigt sich zur Zeit mit anderen Geschichten. Wir waren ein gutes Team, sagt sie. Wie du weißt, mein Kater Rojo, werde ich niemals aufhören zu dichten.

Zur Autorin

M arianne Hartwig wurde im Hunsrück geboren und verbrachte dort ihre Kindheit und frühe Jugend.

Sie betätigte sich u.a. als Designerin, Antiquitätenhändlerin in London und Hamburg. Als Kunsthandwerkerin entwarf sie bildhafte, textile Arbeiten und präsentierte sie zehn Jahre lang auf der Internationalen Frankfurter Messe. Parallel war sie Mitbegründerin einer Hamburger Literaturgruppe und nahm an Lesungen teil, auch innerhalb des Hamburger „Literatrubel" in den 1980er Jahren.

Verheiratet, bis ihr Mann 2009 unerwartet starb, hat sie einen erwachsenen Sohn und lebt mit ihren Katzen vorwiegend auf Ibiza. Sie pendelt jedoch zwischen neuer und alter Heimat, dem Hunsrück, den sie ebenso liebt.

Seit mehr als 35 Jahren schreibt sie vor allem Gedichte und Erzählungen.

Bisher von ihr erschienen:

Wie Sand am Meer: Freud und Leid Gedichte (BoD, Norderstedt, 2009), 192 S., broschiert, ISBN: 978-3-8391-1160-4

Sucht und Sehnsucht: Mit dir und ohne dich (BoD, Norderstedt, 2010), 308 S., broschiert, ISBN: 978-3-8423-3140-2

Balanceakt: Nach der Zeit zu zweit (BoD, Norderstedt, 2011), 199 S., broschiert, ISBN: 978-3-8423-8300-5

Ein Hauch von Zuversicht (BoD, Norderstedt, 2012), 236 S., broschiert, ISBN: 978-3-8482-2571-2

Daheim: Eine ungereimte Kindheit (BoD, Norderstedt, 2014), 288 S., broschiert, ISBN: 978-3-7357-5630-5

Weniger, aber Meer: Von der unerreichbaren Gelassenheit auf Ibiza (BoD, Norderstedt, 2015), 240 S., broschiert, ISBN: 978-3-7347-7152-1

Mutwillig: Von Leicht-, Froh- und Unsinn (BoD, Norderstedt, 2016), 212 S. broschiert, ISBN 978-3-7412-6198-5

Vor-Lieben: Poesie des Alltags (BoD, Norderstedt, 2017), 272 S. broschiert, ISBN 978-3-7460-4404-0

Mit sich und der Welt in Reimen: Aus meinem lyrischen Tagebuch (BoD, Norderstedt, 2018), 208 S. broschiert, ISBN 978-3-7481-4120-4

Fragwürdig (BoD, Norderstedt, 2019), 356 S., broschiert, ISBN: 978-3-7504-1219-4

Abramakabra (BoD, Norderstedt, 2020), 380 S., broschiert, ISBN: 978-3-7526-2324-6

Einfach leben: Und in Versen und Träumen davon erzählen (BoD, Norderstedt, 2022), 388 S., broschiert, ISBN: 978-3-7562-1187-6